Je suis un cafard

Roman

Œuvre originale

d'Agnès Firzé-Spagnoli

Auteur : Agnès Firzé-Spagnoli

Copyright © 2020

Tous droits réservés, tout pays.

ISBN 9782322253791

Édition : BoD – Books on Demand, 12/14 rond-point des Champs-Élysées, 75008 Paris.

Impression : BoD - Books on Demand, Norderstedt, Allemagne

Dépôt légal : Novembre 2020

Remerciements à mes parents

et à mon mari

qui me soutient dans cette aventure littéraire,

à mes fils, Matteo et Raphaël

Je suis un cafard

Je suis un cafard, petite bête avec une carapace marron en guise de corps. J'ai deux antennes sur la tête et une paire d'ailes. Avec mes six pattes couvertes de ventouses, je cours et je rampe partout dans vos maisons du sol au plafond. Je n'ai pas de nom. Toute ma vie, je resterai « un cafard » et vous m'appellerez « le cafard ». Je vis chez la famille Arcavi dans une maison pavillonnaire à deux rues d'un lycée et je rêve d'être l'ami d'Hugo, le fils de la maison, un lycéen de seize ans.

Pour l'instant, ma vie se résume à courir et à me cacher, car, vous, les humains, ne pensez qu'à nous tuer, nous les cafards, dès que vous nous voyez, de préférence avec une savate ou une pantoufle ou tout autre objet à portée de main. Mais je suis persuadé qu'avec Hugo, ce sera différent.

Cependant, il y a un obstacle de taille à la création de notre amitié. Car, comme le savez sans doute, pour devenir ami avec quelqu'un, il faut que cette personne vous voie, vous touche, vous palpe. Qu'elle vous apprécie. Or, j'ai comme l'impression que si Hugo me voit, il fera comme vous ou tout autre humain : il m'écrasera avec un coup de savate.

Je ne peux pas lui en vouloir, car, chez vous, les humains, c'est un réflexe de tuer les cafards.

Concernant mon projet d'amitié avec Hugo, j'ignore d'où m'est venue cette idée. Pourtant, lorsque j'ai quitté ma mère et ma ribambelle de frères et sœurs, la première chose qu'elle m'a dit c'est ceci :

— Surtout, évite les humains si tu ne veux pas mourir prématurément d'un coup de savate.

— « Prématurément », je me suis dit à l'époque, qu'est-ce que cela pouvait bien dire.

Mais trop heureux de quitter enfin ma mère et de vivre enfin ma vie comme je l'entends, j'ai fait mine de comprendre et j'ai quitté ma mère sans jamais me retourner.

— Oui, maman, parle toujours, tu m'intéresses, j'ai marmonné entre mes antennes.

Ma mère a insisté et elle m'a dit de prendre garde à tous les humains. Mais, j'y pense, elle n'a pas parlé d'Hugo. D'accord, c'est un humain, mais il n'est pas comme les autres. D'autre part, il a besoin d'un ami. Moi, j'avoue que moi aussi j'ai besoin d'un ami depuis que je me retrouve seul sans ma famille. Alors, c'est pourquoi j'ai décidé qu'Hugo et moi, nous deviendrons des amis. Je suis sûr que dès qu'il me verra, une belle amitié naîtra entre nous.

Je vous raconte mon aventure.

Une vie de cafard à l'ombre des regards

    Je regarde Hugo. Il s'habille dans sa chambre. Il a ramassé des vêtements éparpillés partout dans sa chambre, sur son lit, sous son lit, dans la corbeille destinée au linge sale, sur son bureau. Il a reniflé bien fort chacun des vêtements pour s'assurer qu'il pouvait les porter ce jour-là. C'est sa manière à lui de savoir si un vêtement est propre ou pas. Je vous en parlerai plus tard. Ne vous inquiétez pas. Pour l'heure, il est heureux car il s'est inscrit au club de foot sur les conseils d'un garçon au lycée. Pour moi, c'est un bêtise de vouloir pratiquer un sport, car, tel que je le connais, monsieur est loin d'être un sportif. Mais il se laisse facilement influencer par les autres garçons et ne montre pas beaucoup de volonté lorsqu'il faut s'affirmer. La preuve avec cette histoire de sport. Encore, une fois, sur les dires d'un garçon qu'il connaît à peine il obéit et change de sport. Je veux juste lui rappeler que c'était son rêve de faire de la musculation. Il en parlait sans cesse cet été lorsqu'on était tous à table (moi, caché, bien sûr). Bref, c'est un garçon qui se laisse diriger par les éléments ou les autres que lui. Il est comme un bout de bambou qui flotte sur une étendue d'eau.

    Physiquement, Hugo a la taille très fine et il est très grand pour son âge, seize ans. Mais je ne pense pas qu'il a une mentalité de sportif. C'est un garçon silencieux qui reste dans sa chambre. D'ailleurs, je ne l'entends pas beaucoup parler. Sur le haut de son crâne, il a des cheveux noirs coupés très courts et une peau très blanche. La couleur de sa peau blanche est sans doute causée par le manque de lumière qui règne dans sa chambre. Moi je ne m'en plains pas, au contraire, je vis idéalement dans l'obscurité – comme tous les cafards, l'obscurité est notre milieu naturel. Mais pour vous les humains, comme Hugo, votre peau a besoin d'être dorée au soleil. Nous, les cafards, nous fuyons le soleil. Je suis heureux de constater qu'Hugo est un peu comme moi dans ce cas. Il reste enfermé dans sa chambre et refuse d'ouvrir ses volets. Lorsque sa mère lui demande d'ouvrir les volets de sa chambre, il refuse en répétant le même refrain :

— Inutile d'ouvrir les volets de mes fenêtres si c'est pour les fermer le soir-même. J'ai des lampes pour m'éclairer dans ma chambre.

En ce moment, Hugo a terminé de s'habiller. Il a enfilé un tee-shirt de sport et un short de sport. Par dessus, il a mis d'autres vêtements, un pantalon pour faire du jogging et un sweat couleur gris clair qui tombe sur le haut de ses cuisses. Ces vêtements sont, à mon avis, beaucoup trop grands pour lui ; ses jambes flottent dans le pantalon comme deux bâtons secs et le sweat qu'il porte sur ses épaules semble avaler le haut de son corps. On voit sa tête émerger au-dessus, comme coupée du reste du corps. Aux pieds, il porte une paire de baskets qui lui font des pieds pareils aux oreilles d'un éléphant. Ou alors, cela fait penser aux grandes chaussures d'un clown. Enfin, je dis ça, mais je ne sais rien. C'est juste pour vous donner une image. Je ne connais pas les éléphants, ni les clowns, je suis un cafard, souvenez-vous. Mais Hugo a besoin de grandes chaussures car il fait déjà du quarante trois de pointure. Cependant, sa pointure correspond plus à un homme qui fait un mètre quatre vingt dix, voire deux mètres. Lui, il ne mesure qu'un mètre soixante cinq. Selon moi, les habits et les chaussures ne lui vont pas, mais alors pas du tout. Il ressemble plus à une marionnette que l'on pose dans les champs pour faire peur aux oiseaux – à oui, je parle d'un épouvantail, j'avais oublié le mot. Je pourrai lui dire qu'il ferait mieux de changer de vêtements car ça ne lui va pas. Un conseil d'ami. Mais je sais qu'il ne m'entend pas. Je me contente donc de bouger mes antennes dans tous les sens. Je reste tout de même à l'abri dans ma cachette dans sa chambre, un trou sous sa lampe de chevet.

Hugo s'admire du pied à la tête devant son miroir et murmure :

— Parfait, avec ça, je vais plaire à tout le monde. De nouvelles baskets toutes neuves, le t-shirt avec les couleurs de l'équipe, un nouveau short bien assorti. J'aime bien mon sweat aussi. Je suis prêt pour ma première séance de foot. Ouais, j'ai bien fait d'annuler la musculation. C'est mieux. Nicolas a raison : c'est con de faire de la musculation alors que je peux faire un sport beaucoup plus sympa, le foot. Ouais, il a raison.

Je continue de le regarder. Mais je reste bien caché. Je suis le cafard qui vit dans sa chambre. Ça, il ne le sait pas. Je suis tous ses faits et gestes à son insu. Mais par dessus tout, je veux être son ami. Oui, vous avez bien entendu : je veux être l'ami d'Hugo. J'aimerais qu'il me parle un jour, qu'il m'aime. Vous trouvez ça bizarre : un cafard qui veut être l'ami avec un humain comme Hugo. Pas moi. Les humains ont bien des animaux comme ami. On parle bien du fidèle ami de l'homme lorsqu'on parle du chien. Et pour les chats, c'est l'animal de compagnie par excellence. Il y a bien d'autres animaux aussi comme les lapins par exemple. Alors pourquoi pas un cafard. Qu'est-ce que vous reprochez aux cafards ? Je me trouve beau et je suis prêt à me laisser caresser. Je peux être l'ami qu'Hugo rêve d'avoir. D'ailleurs, il serait heureux d'avoir un ami. Chaque jour, je l'entends se lamenter :

— Pourquoi les garçons de ma classe ne viennent pas chez moi ? J'habite juste à côté du lycée pourtant. Je n'ai pas d'ami.

Je reste là et je le regarde. Je voudrais bien lui parler, mais malheureusement, à nous les cafards, on ne nous a rien donné pour parler, ni même émettre un quelconque son que l'homme peut entendre. Mais je ne perds pas espoir. Un jour, Hugo et moi seront des amis. Il arrêtera de se lamenter, car il aura moi comme ami.

Hugo a terminé de s'habiller. Il prend son sac à dos et sort de la maison. Sans perdre une minute, aussi vite que l'éclair, je le suis en me cachant à ras le sol. Collé au mur grâce à mes ventouses, embusqué derrière les plinthes du mur, je me faufile sans le perdre d'une semelle. Nous sommes dehors tous les deux. Sa maison possède une grande cour et deux autres bâtiments. Le premier bâtiment se situe juste en face. Mais j'ignore son usage car je n'y vais jamais ; je le trouve trop loin pour mes petites pattes et il semble qu'il n'y a rien à manger dedans, sinon, je l'aurais su grâce à mes antennes qui peuvent capter les odeurs de nourriture à des kilomètres. Alors, ce bâtiment, je n'y vais pas. Il y a un autre bâtiment qui sert d'atelier à la mère d'Hugo. Il se trouve au fond de la cour. Hugo attrape son vélo posé sur le mur de sa maison et se dirige vers l'atelier de sa mère. Elle y donne des cours de yoga à des clientes. Aujourd'hui, la salle est pleine de clientes. Il frappe à la porte. Mais moi je me prépare ! Car sa mère va sortir et je vais la voir elle et la tenue de yoga qu'elle porte. Je dois vous parler des tenues de yoga de la mère d'Hugo pour vous faire comprendre le supplice que j'endure lorsque je dois la regarder. Ces tenues, en général, ont la désagréable habitude de me griller les yeux à cause de leurs couleurs fluorescentes. Je vous assure, même pour moi, un cafard, c'est difficile de la regarder en face et d'affronter la brûlure que provoque la vision de ces horribles couleurs. En plein jour, ça provoque chez moi une bombe dans ma tête (je vous assure, la nuit aussi). Ça ne dure pas longtemps, seules les premières secondes sont effroyables, foudroyantes, douloureuses, explosives, catalytiques. Après, on s'y habitue ; on est bien obligé d'ailleurs, sinon on ne pourrait jamais la regarder. Ces tenues de yoga ont été créées par la mère d'Hugo, comme elle aime s'en vanter auprès de ses clientes. Elle a choisi elle-même la coupe et les couleurs. La coupe, passe encore, selon moi. Après tout, ces fameuses tenues de yoga n'ont rien d'extraordinaire : des tee-shirts, des sweats, des leggings, des chaussettes hautes. En revanche, je dois lui dire qu'au niveau des couleurs, elle s'est franchement loupée ; c'est horrible et je pense que je ne suis pas le seul à avoir cet avis là. Elle essaye de vendre ses tenues sans trop de succès et harcèle pratiquement ses clientes à chaque fin de séance de yoga. Elle s'en plaint souvent à son mari, le père d'Hugo ; personne n'achète sa ligne de vêtements. Mais elle ignore sans doute que sa collection de vêtements me grille les yeux. Et je pense que je ne suis pas le seul à avoir les yeux grillés. J'ai comme l'impression qu'Hugo ressent la même chose que moi. Alors là, je bondis ; c'est encore un autre point commun avec lui que je peux exploiter pour lier notre amitié. Je regarde Hugo et je me pose la question suivante : lorsque sa mère se présentera devant lui, aura-t-il comme moi les yeux grillés ? J'attends.

    Il frappe à la porte et montre sa tête à la fenêtre pour que sa mère l'aperçoive et vienne à sa rencontre. Moi, je me cache afin de ne pas être vu par lui ou par sa mère. Lorsque celle-ci ouvre la porte j'ai la révélation : Hugo cligne des yeux en regardant sa mère et il peste :

    — Ah ! Maman ! Ça fait mal au yeux la couleur de tes vêtements. C'est trop fort. Ces couleurs fluorescentes m'aveuglent.

    — Bingo, je crie dans mon coin, (je m'en fous, je peux hurler, personne ne m'entend !)

    — Chut !, tempête sa mère en jetant furtivement des yeux sur ses clientes derrière elle. Tu veux que les clientes t'entendent et qu'elles n'achètent pas ma collection de vêtements. Tu veux ruiner mon business, termine-t-elle les yeux presque éjectés de sang et en continuant à jeter des yeux inquiets sur ses clientes.

Hugo se ravise alors et prend un air faussement niais. Il dit à sa mère, assez haut pour que les clientes au fond de la salle de yoga l'entendent :

— Oh, tu as une nouvelle tenue maman. C'est joli ! Ça te va bien !

— C'est mieux mon chéri, dit sa mère. Que me veux-tu ?

— Rien, juste t'avertir que je partais au foot.

— Hein ? Et la musculation ? Tu t'étais inscrit à la musculation ?

— J'ai changé d'avis, j'ai annulé, dit-il avant de s'en aller rapidement. A tout à l'heure.

— Mais ....., commence à crier la mère d'Hugo.

Il est trop tard. Elle voit son fils franchir la barrière de la cour et partir sur son vélo. Il est loin déjà. Elle soupire et regarde au loin.

Je suis là dans un coin de la porte. J'écoute. Je vous le dis : personne ne me voit, moi, le cafard qui se promène partout dans la maison. Songeuse, la mère d'Hugo regarde toujours au loin. Puis elle sort de sa réflexion en faisant un mouvement de tête brusque comme quelqu'un qui se réveille d'un coup. Elle murmure :

— Zut, je dors les yeux ouverts ma parole. Flûte, je discute, je discute, et mes clientes du cours de yoga m'attendent. Zut, elles vont encore se plaindre !

Elle se tourne vers ses clientes, constate qu'elles mangent et s'exclame :

— Mais vous grignotez encore ?! Je vous ai laissé à peine cinq minutes et vous sortez déjà les biscuits à manger. Allez, rangez moi tout ça. On continue la leçon de yoga, dit-elle sèchement à ses clientes depuis le pas de sa porte.

Les clientes s'exécutent en silence en faisant une moue de désapprobation. La mère d'Hugo rentre dans son atelier et claque violemment la porte derrière elle. Je regarde à mon tour la cour dans laquelle se trouve l'atelier de la mère d'Hugo. Juste devant la porte de l'atelier, il y a un banc. Je me pose sur le dossier. J'aime bien cet endroit car il me permet de voir sans être vu l'intérieur de la salle de yoga. Je vois la mère d'Hugo face à ses clientes et je l'entends crier à leur adresse :

— Allez, on enchaîne. Fini la position du lotus. Maintenant, position chien tête en bas.

Clouée sur la porte de l'atelier, je regarde la pancarte avec des inscriptions peintes aux couleurs rose et verte : "Maison zen, cours de yoga et Indianités".

Moi, le cafard, je reste un moment sur le banc, attendant le retour d'Hugo. Je pourrais le suivre au foot mais je n'en ai pas envie. Je vois le père d'Hugo qui entre dans la maison plus loin. Il est souvent à la maison. Pour ainsi dire, tous les jours, depuis qu'il refuse de partir travailler chez son patron, Cap Informatique. Je le suis rapidement. Je sais où il va. Comme à son habitude, il retourne s'enfermer dans son bureau. Je me faufile dans son bureau et je reste à ses pieds. J'attends. Soudain la magie opère ; ce que j'attendais arrive enfin. Je vois tomber devant moi toutes les miettes de chips que le père d'Hugo mange en cachette dans son bureau. Je reste caché sous les pieds de son fauteuil et je me régale.

— C'est moi, je suis rentré !, crie une voix de fille.

Je sursaute. Je maudis cette maison. Tous ces bruits intempestifs nuisent à ma paisible digestion des chips du père d'Hugo. Je vois Lola. C'est la sœur d'Hugo, petite fille aux cheveux longs et noirs comme ceux de son frère. Âgée de dix ans, elle nous casse à tous déjà les oreilles. Hélas, elle chante faux et elle adore chanter. Du matin au soir, elle chante. Au téléphone, elle chante. Lorsqu'elle n'arrive pas à chanter haut et juste, elle chante toujours haut, je vous rassure, mais elle hurle. Sa voix me vrille les antennes ; ça émet des ultra-sons nuisibles à ma santé. A côté, le bruit d'une explosion nucléaire est de la musique douce. Je n'en peux plus de vivre dans cette maison. S'il n'y avait pas mon projet d'amitié avec Hugo, je crois que j'aurais mis les voiles depuis longtemps. Mais voilà, je ne suis toujours pas l'ami d'Hugo, et même de personne. Je parle seul et je suis seul. Je crois que c'est ça qui nous rapproche Hugo et moi : tous les deux nous n'avons pas d'amis.

Lola est entrée dans sa chambre. Depuis le bureau du père d'Hugo, j'entends le son de ses multiples micros qu'elle branche ou débranche fébrilement. Elle en a de toutes les sortes, des roses, des verts, des gris. Elle en choisit un et crie dedans. Le son pas mélodieux de sa voix arrive à mes antennes et aux oreilles de son père.

— Moins fort, arrête de brailler !, hurle le père d'Hugo assis dans son bureau.

Puis il arrête de manger ses chips. Mais moi, j'ai encore faim. Je pourrais bien tenter de grimper et de fouiller le tiroir de son bureau. Je sais qu'il déborde de friandises en tout genre qu'il cache. Mais je me ravise. Le père est trop proche. Il pourrait me voir et m'éclater d'un coup de savate. Le coup de savate, vous les humains, vous ne connaissez pas ça, vous. Personne ne peux vous éclater avec un coup de savate, vous tuer. Nous, les cafards, même si je le concède, on peut vivre après une explosion nucléaire, je vous jure que nous sommes impuissants contre un coup de savate. On meurt écrasé, en purée, sur le sol, sur le mur, sur n'importe qu'elle autre surface. Je vous laisse imaginer le truc. Donc, je préfère battre en retraite et partir attendre Hugo dans sa chambre. Je me faufile au raz le mur et j'arrive enfin au lieu dit. J'entends soudain :

— Psst !

Je regarde partout mais je ne vois rien. Je me demande s'il s'agit d'un fantôme. Mais je m'inquiète à peine. Ma seule préoccupation, et non la moindre, ne plus entendre Lola hurler dans son micro. Dans mon repaire, dans la chambre d'Hugo, je ne crains plus rien.

Comme un déjà-vu

Je ne sais plus comment j'ai atterri dans la maison d'Hugo. J'ai le souvenir d'avoir couru droit devant moi. Mes frères et mes sœurs ont fait comme moi mais dans des directions opposées. Je me suis retrouvé seul ; j'avoue que la solitude est tombée sur moi comme une lourde pierre. J'ai senti le froid et j'ai regretté d'avoir quitté le nid douillet de ma mère où je dormais bien serré contre les corps de mes nombreux frères et sœurs. J'avais besoin pour ainsi dire de réchauffer mon cœur ; de trouver un défi à relever. Pour être sincère, c'est plus le fait d'être seul qui m'a décidé à chercher un ami. Hugo est tombé comme un miracle devant moi. J'ai eu même l'impression de le connaître, de l'avoir déjà vu ; sans doute dans une vie antérieure. Mais ça, malheureusement, je ne peux pas l'affirmer car je n'ai aucune preuve.

J'ai aperçu ce garçon fragile qui pleurait presque. Je me suis vite caché car c'était la première fois que je voyais un humain. Avant de partir, ma mère m'avait mis en garde contre eux. Ce qu'elle m'avait dit lors de mon départ retentissait dans ma tête :

— Surtout, évite les humains si tu ne veux pas mourir prématurément. (J'ignore toujours ce que signifie «prématurément»)

Mais le garçon m'attirait et semblait inoffensif. C'était Hugo. Il avait l'air triste et avait les yeux bouffis, un peu comme quelqu'un qui vient de pleurer ou qui a passé une sale nuit. Il regardait en direction de la rue et se lamentait :

— Pourquoi je n'ai pas d'amis ?! Les garçons au lycée ne viennent même pas chez moi alors que j'habite pratiquement à deux rues du lycée. Par contre, ils vont chez les autres garçons. Comme Bruno, par exemple. Il faut bien prendre un bus pour aller chez lui. Ils y vont tous après les cours. Qu'est-ce qu'il a de plus que moi Bruno ?!!!

En entendant ça, mon cœur s'est crevé. Je voulais lui dire :

— Mais moi je peux être ton ami, je suis là !

Depuis j'ai décidé de rester près de lui et de devenir son ami. Je sais que la tâche est ardue mais pourquoi pas. Le principal obstacle reste la prise de contact ou juste qu'il me voie tout simplement ; que nos regards se croisent. Car, comme je vous l'ai déjà dit, si Hugo me voit, j'ai comme le pressentiment qu'il voudra me tuer, réflexe d'humain. Mais j'ai autre chose à ajouter. Voyez vous, dès le départ, le bémol à mon histoire est le manque de nourriture dans la maison d'Hugo. Ou alors, ils sont les as du nettoyage, ou alors, il n'y a pas à manger. J'ai eu l'occasion de vérifier que les deux hypothèses sont malheureusement bonnes. Zut, zut et flûte ! Premièrement, il n'y a pas à manger dans la maison à cause de soucis financiers. Deuzio, la maison est nettoyée chaque matin. Je vois la mère d'Hugo tous les matins ouvrir les fenêtres et nettoyer le sol avec une machine qui aspire tout sur son passage. J'apprendrai par la suite qu'il s'agit d'un "aspirateur".

Seule la chambre d'Hugo reste fermée et pas nettoyée, heureusement pour moi. Ça aussi ça nous rapproche. Hugo déteste ouvrir les volets de sa chambre. Comme ça, sa chambre reste plongée dans l'obscurité du matin au soir. C'est un milieu idéal pour moi, le cafard ; un endroit sombre, pas aéré, jamais nettoyé. Mon milieu naturel, quoi. Par contre, dans les autres pièces de la maison, ce n'est pas la même musique. Après chaque repas, la mère d'Hugo nettoie les tables et passe l'aspirateur dans la cuisine et sous les tables. Elle a des aspirateurs bruyants et de toutes les tailles. Elle répète :

— L'air d'une maison doit être pur et frais, principe de yoga !

Lorsque je la vois, j'ai comme mal au cœur. Pas seulement à cause de ses séances de nettoyage qui m'empêchent de me nourrir. Ses vêtements me rendent malades aussi. Je vous en ai déjà parlé. Ses leggings, baskets, et sweats aux couleurs fluorescentes me donnent mal à la tête. Je frise la crise de nerfs. C'est insupportable à regarder. En plus, elle marche vite et parle vite. Avec ces couleurs fluo sur elle et sa vitesse de déplacement, elle ressemble plus à un éclair qui déchire le ciel qu'à un frais beau temps de ciel bleu. Voilà que je raconte n'importe quoi. Heureusement, le père est plus calme : il parle peu et bouge hyper lentement. Bref, on a toujours l'impression qu'il dort alors qu'il est debout. Ça aussi c'est une sensation désagréable. En plus, il reste en pyjama presque du matin au soir à la maison depuis qu'il refuse de partir travailler dans l'entreprise de son patron, Cap Informatique. Sa robe de chambre le quitte rarement. Pour le manque de nourriture, je fouille parfois la poubelle sans plus de succès car la mère la nettoie régulièrement et jette son contenu chaque soir je ne sais où. Je devrais enquêter d'ailleurs à ce propos. Mais je n'ai pas dit mon dernier mot. Heureusement, je peux me rendre dans le bureau du père d'Hugo. C'est un vrai bazar. Il y a tous les vieux appareils informatiques et électroniques. Il en ramène toujours un de ces vieux engins et s'enferme dans son bureau avec pour les réparer. J'ai déjà essayé de manger des fils électriques qui dépassent des ordinateurs ou d'autres objets. Mais à chaque fois, je me suis retrouvé avec des ballottements au ventre qui étaient douloureux à en mourir. J'ai réussi à m'en débarrasser après des efforts incroyables qui se sont retrouvés dans mes excréments. Vous voyez, je suis poli lorsque je parle d'aller aux toilettes pour faire ma grosse commission. Que voulez-vous, question d'éducation. En tout cas, depuis, je n'y touche plus. En revanche, son fouillis rempli d'ordinateurs me donne l'occasion de me cacher en cas de besoin. Bref, moi, ce qui m'intéresse dans le bureau du père d'Hugo, ce sont les paquets de chips salés, goût fromage, mes préférés, que le père cache au fond d'un tiroir. Et par bonheur, il a la mauvaise manie de laisser les paquets grands ouverts et le tiroir aussi.

Hugo est rentré dans sa chambre. Je me réveille et j'entends mon ventre gronder tellement il a faim. Hugo se change. Je me cache davantage de peur d'être vu. Je ne sais pas, aujourd'hui, j'ai comme un mauvais pressentiment. J'ai comme l'impression que c'est aujourd'hui que je mourrai « prématurément » ou que je mourrai tout court (décidément, je ne suis pas à l'aise avec ce « prématurément »).

Sa mère ouvre violemment la porte.

— Hé ! Tu ne peux pas frapper avant d'entrer, s'insurge Hugo contre sa mère.

Moi, je ne veux pas la regarder. C'est trop frontal et trop dangereux pour mes yeux si je la regarde sans préparation. Ses vêtements fluorescents continuent de me griller les yeux. Je reste donc bien dans ma cachette et je les écoute.

— Pardonne moi, mon chéri. On va bientôt passer à table. C'était bien le foot ?

— Ouais, ouais, dit Hugo sans grand enthousiasme. Le premier cours n'est jamais passionnant.

— C'est ça ! dit sa mère. Mais dis-moi, tu ranges ta chambre un jour ? C'est un vrai bazar.

— Ouais, ouais, répond encore Hugo du même air que tout à l'heure.

— Ouvre au moins les volets de tes fenêtres !

— Je te le répète, je ne vais pas ouvrir les volets chaque matin pour les fermer chaque soir. C'est idiot.

Sans prendre la peine de répondre à son fils, la mère d'Hugo hausse les épaules avant de s'en aller. Puis elle crie dans le couloir à l'adresse de Lola, la petite sœur d'Hugo et du père d'Hugo :

— Allez on mange. Tous à table !

Lola débranche bruyamment son micro et arrête de chanter. Enfin. Le père se lève de son fauteuil qui, soulagé de ce poids, pousse un cri plaintif. Hugo claque la porte de son placard, enfile rapidement un t-shirt ramassé à terre et court vers la salle à manger. Je sais ce qui me reste à faire : le suivre et tenter de trouver à manger moi aussi.

Bref instant de vie de famille

Je suis dans la salle à manger. Je grimpe sur un meuble buffet en bois clair et je me cache derrière un cadre de photo. J'aime bien cet endroit car je peux les voir tous sans risquer d'être vu et de me ramasser un coup de savate dont ma mère m'a souvent parlé. Elle m'a dit que je pourrais mourir écrasé par une savate, ou pantoufle, ou chaussure ou tout autre objet à portée de main d'un humain. Je finirais en purée ou compote, complètement à plat ; une carpette. Enfin, je me demande ce que je peux trouver d'autre pour vous décrire à quel point mon corps écrasé ne ressemblera plus à ce que j'étais à l'instant.

Ils sont tous à table, Lola la petite sœur, le père d'Hugo et Hugo. La mère est encore dans la cuisine située juste à côté. La salle à manger est très propre et peu chargée de meubles. Il y a juste une grande table en bois plaqué, six vilains fauteuils et un buffet. Hugo trouve tous les meubles moches. Il répète sans arrêt :

— On change quand ces vilains meubles. Mamie n'en veut plus. Pas étonnant !

Les parents s'énervent et sa mère lui répond :

— Ils vont très bien ces meubles ! Mamie a été bien gentille de nous les donner gratuitement.

— Tu parles, rouspète Hugo. Elle est trop heureuse de se débarrasser de ses vieilleries. C'est à la déchetterie qu'ils auraient du atterrir ces meubles. Pas chez nous. Et mamie, qu'est-ce qu'elle a fait ?! Elle a acheté des meubles modernes et neufs pour elle.

— Ne parle pas comme ça !, s'insurge comme ça sa mère. Mange !

De mon côté, je ne leur reproche rien à ces meubles. Je suis un cafard, ne l'oubliez pas. Donc, tout ce qui concerne les questions de beauté ou pas ; je m'en fous un peu. En revanche, ces meubles ne me permettent pas de me cacher aisément. Le mobilier en question est fait de bois plaqué qui le rend glissant. Une vraie patinoire. Je dois m'accrocher avec toutes mes ventouses. Heureusement, il y a un trou sous un des fauteuils. C'est une autre cachette que j'utilise et qui a le mérite de me placer plus près des miettes qui tombent au sol. Une fois que j'ai réussi à grimper en dessous sans me faire voir, je peux me cacher et attendre que les miettes de nourriture tombent. La place n'est pas très confortable. Par contre, avec la tête tournée vers le sol, je peux voir les miettes tomber. Je vous le répète, c'est un gros avantage. J'attends. Le repas est bien entamé et je vois quatre paires de jambes assises autour de la table ronde. Rien ne tombe comme miette et je commence à m'impatienter.

— On ne peut pas manger autre chose que ces horribles pâtes avec de la sauce tomate ?, s'insurge Hugo.

— Demande à ton père !, lui répond sèchement sa mère. Je n'ai pas assez d'argent pour acheter autre chose que des pâtes sèches et des boîtes de sauce tomate. Ton père refuse de repartir travailler chez son patron à Cap Informatique. Demande lui pourquoi !

Hugo regarde son père et lui demande :

— Pourquoi tu ne retournes pas au travail. Tu as arrêté depuis le mois de juin. Nous sommes en septembre. Tes vacances sont terminées, non ?! Tu ne peux pas travailler comme tout le monde !!!

Le père répond, très fâché :

— Mêle-toi de tes oignons, Hugo ! Je ne suis pas en vacances ! J'ai décidé de ne plus partir travailler pour un autre. Je vais créer ma propre entreprise. Voilà ! Mais ça prend du temps !

— Pour l'instant, tu n'es pas payé, rétorque sa femme.

— Et alors ! Avec ton club de yoga on a assez d'argent pour vivre, répond le père.

— Tu oublies tous les crédits à payer, la maison, la construction de l'atelier, les affaires pour les enfants, etc. Je ne gagne pas assez d'argent pour tout ça. Il n'y a qu'une solution : retourner travailler à Cap Informatique et recevoir une paye. Hein ?

Le père s'énerve et proclame :

— Je ne retourne pas à Cap Informatique. Je crée mon entreprise.

— Ton entreprise de quoi, s'énerve à son tour la mère. Tu sais seulement de quoi tu parles ? C'est quoi ton projet ?

— Tu le sais très bien. J'en ai déjà parlé. Je vais réparer des ordinateurs pour des clients et vendre mes services de technicien informatique.

— Je croyais que tu étais comptable, dit Hugo. J'ignorais que tu savais réparer des ordinateurs.

— Laisse le rêver, dit la mère d'Hugo. Pour une fois, écoute ton fils, dit la mère d'Hugo à l'attention de son mari. Tu n'as pas les compétences pour faire ce boulot. Tu es comptable à Cap Informatique.

A bout de nerfs, le père d'Hugo bouscule la table, se lève et s'en va en hurlant :

— Je ne retourne pas à Cap Informatique. Je crée mon entreprise. J'ai fait une formation d'informaticien au lycée avant de devenir comptable.

Hugo soupire un long moment. Puis il dit avant de se lever lui aussi brutalement et de quitter la table :

— J'en ai marre de manger ça. C'est pas bon. C'est dégueulasse !

Je reste figé de stupéfaction sous le fauteuil. Deux paires de jambes sont encore là ; celle de la mère d'Hugo et celle de Lola la petite sœur. Elles terminent de manger silencieusement. Puis Lola s'en va en chantant, toujours aussi faux.

— Moins fort ma chérie, dit sa mère sans se faire entendre de Lola.

La mère d'Hugo soupire, ramasse la table et met les couverts dans le lave-vaisselle. Elle se dirige vers la buanderie, une pièce située près de la cuisine. Elle en revient avec un de ses aspirateurs. Je dresse furtivement un constat : il n'y a rien à manger à l'horizon et la mère va aspirer le sol. Au risque de me faire aspirer par la vilaine machine, je m'en vais aussi rapidement que possible dans la chambre d'Hugo.

Ah, au fait : "repas pâtes et sauce tomate". Je ne vous ai pas parlé de ça ? Là, c'est grave. Je me rattrape. Alors, comment vous dire, c'est un repas fait de pâtes mélangées avec de la sauce tomate que la mère d'Hugo sort d'une boîte en fer. Elle fait chauffer de l'eau, plonge les pâtes dans de l'eau et réchauffe au micro-onde la fameuse sauce tomate. J'espère que je n'ai rien oublié pour sa recette de cuisine. Si ça vous tente, sait-on jamais. Pour ma part, c'est de la nourriture. Donc je ne m'en plains pas trop. Je suis un cafard, je peux donc manger tout, même du carton et du papier. C'est l'avantage d'être un cafard. Mais Hugo n'est pas un cafard. Il veut manger autre chose que des pâtes mélangées avec une sauce tomate tiède. J'ai beau vouloir être son ami …. mais, là, je ne le suis pas : de la nourriture, même dégueulasse, nourrit son homme et on doit l'accepter.

Je suis à nouveau dans la chambre d'Hugo. Il est assis à terre et il dessine sur son cahier de croquis. Paraîtrait-il qu'il a du talent pour le dessin, selon son professeur de dessin. Mais qui suis-je pour en juger ? Il se lève, enfourne son cahier dans son sac à dos, sa boîte de pastel, ses crayons.

— Bon j'ai tout, dit-il en scrutant le fond de son sac. Cette fois j'ai rien oublié. Ah, si !, s'écrie-t-il avant de s'élancer sur un paquet de chips posé sur son lit. Ça, j'en aurai besoin.

A cause du paquet de chips, je me faufile dans son sac à dos et je pars avec lui. Quelques minutes plus tard, Hugo et moi sommes à l'atelier de dessin de Monsieur Gravassac, professeur de dessin. Ce dernier ne tarit pas d'éloge à propos des dessins d'Hugo. Il a dit un jour à la mère d'Hugo qu'il savait mieux dessiner que les autres élèves de son cours. Hugo, face à ce compliment à une attitude bizarre selon moi ; il rentre le dos et il baisse la tête comme s'il avait honte de savoir dessiner. Là encore, je ne comprends pas trop mon futur copain – attention, je dis « futur » car pour l'instant, il ne m'a toujours pas vu et ne connaît toujours pas mon existence – mais selon moi, il devrait être très joyeux en pareil circonstance. Pour l'instant, je suis toujours enfermé dans le sac à dos d'Hugo et je lorgne à en perdre les yeux le paquet de chips. Je sais que je ne peux pas l'ouvrir. Je sais car j'ai déjà essayé ; le paquet glisse entre mes pattes malgré mes ventouses et je n'arrive pas à déchirer la matière plastique. Donc j'attends.

— Hugo, dit Monsieur Gravassac, termine les dessins de la dernière fois. Allez les enfants, on s'installe.

Hugo s'exécute. Il ouvre son sac à dos et sort tout son matériel, sans oublier le paquet de chips. J'en profite pour sortir du sac et monter sur la table, dans un endroit où je suis sûr de ne pas être vu. Depuis cet endroit, je peux voir toutes les tables. Dessus, je vois du matériel de peinture mais aussi des paquets de gâteaux, de bonbons, de chips. C'est toujours comme ça dans cet atelier. Apparemment, faire de la peinture ça donne faim. Le professeur donne des indications. Il dit :

— Aujourd'hui, on travaille le relief, les effets de matière dans une peinture, ...

Pitié, je suis obligé d'écouter ça ?! Ça m'ennuie déjà. Un bruit m'attire. Je me tourne et je vois Hugo. Il est en train de manger des chips. Les autres enfants de l'atelier l'imitent. Ils mâchent leurs gâteaux, leurs chips, leurs bonbons. Ils semblent profondément ennuyés par le discours du professeur. Celui-ci s'en aperçoit et dit :

— Bon, je vois que ça vous passionne ce que je vous raconte. Arrêtez de grignoter. Vous ne faites que ça dès que vous vous ennuyez. Posez vos friandises et au travail.

Moi, de mon côté, je mange discrètement les miettes des gâteaux et des chips avant de remonter dans le sac à dos d'Hugo. J'ai trop peur qu'il m'oublie et de rester avec le professeur.

Madame Tohubohu

Parmi tous les humains que je rencontre, il y en a un que je n'aimerais pas avoir comme ami. Elle se nomme Madame Tohubohu. C'est une dame d'une cinquantaine d'années qui est très vive et colérique. Je raconte comment je l'ai rencontrée. Pour la première fois, j'ai eu l'honneur d'entendre le son de sa voix – j'espère que dans cette phrase, vous percevez toute l'ironie que je veux y mettre.

Un jour, Hugo est dans sa chambre. Comme à son habitude, il regarde le plafond et se lamente d'être seul et que personne ne vient chez lui. Bon, c'est une vieille rengaine. Ça ne vaut pas le coup de s'y attarder. Moi, je suis près de lui, toujours planqué dans ma cachette sur sa table de chevet. Soudain, le téléphone du salon se met à sonner et sort Hugo de sa pauvre réflexion.

— Le téléphone sonne !, hurle Hugo depuis sa chambre.

S'il pouvait m'entendre, je crierais à mon tour qu'il faut arrêter de beugler comme il le fait car ça me casse les antennes. Mais je me ravise. Il ne m'entendra pas. C'est peine perdue. Je sursaute. Personne ne répond. Pourtant Hugo, tout comme moi d'ailleurs, sait que son père est là ainsi que Lola, sa petite sœur. Le téléphone continue de sonner. Par mauvais cœur, il se lève en grognant et se dirige vers le téléphone. Sur le chemin, il passe devant le bureau de son père. Celui-ci sort précipitamment et dit à Hugo :

— Psss ! Si c'est mon patron, dis que je ne suis pas là !

— Pas de souci, répond Hugo nonchalamment.

Il décroche le téléphone. J'en profite pour me rapprocher le plus possible du combiné. Mais au bout du fils, la personne parle si fort que je n'ai aucun mal à l'entendre. Elle semble très en colère et parle sans laisser le temps à Hugo de dire un mot. Elle dit :

— Je suis Madame Tohubohu. Je dois parler à la professeur de yoga. Elle est là ? Si elle n'est pas là, je dois lui laisser un message.

Hugo a le combiné à la main et reste perplexe. Il s'apprête à parler. Il dit :

— Heu ....

— Allô, il y a quelqu'un ?, hurle Madame Tohubohu au téléphone.

— Heu ..., continue de siffler Hugo.

Un "clic" se fait entendre depuis la porte d'entrée. Je me tourne vers la porte et je vois la mère d'Hugo. Chargée de provisions, elle rentre dans la maison. Les yeux d'Hugo s'écarquillent. Les miens aussi mais pas pour les mêmes raisons. Comme je vous l'ai déjà dit, ses vêtements aux couleurs fluorescentes me font mal aux yeux. Pour vous dire la vérité, je suis obligé de détourner mon regard pour ne plus avoir mal aux yeux. Sérieusement, il faut que je pense à une solution. Bref, on verra ça plus tard. Mais pour Hugo, c'est un énorme soulagement. Il voit enfin la solution à son problème ; sa mère peut prendre le relais au téléphone. Il lui crie :

— Maman, une dame pour toi au téléphone !

— Qui c'est ?, demande la mère en s'approchant du téléphone.

— Madame Tohubohu, répond Hugo avant de s'en aller rapidement.

Derrière lui, sa mère dit tout bas hors du combiné du téléphone :

— Seigneur, Madame Tohubohu. Elle va me pourrir ma journée cette cliente.

Elle prend sa respiration et parle dans le combiné. Elle dit d'un air enjoué :

— Madame Tohubohu ! Que me vaut cet honneur ?

— Vous êtes disponible quand pour une séance de yoga chez moi ?, hurle la voix au téléphone.

— Ah, Madame Tohubohu. J'ai un calendrier chargé. En revanche, vous pouvez venir à l'atelier, il y a encore de la place pour les cours en groupe. Comment ?

— J'ai déjà dit que je ne sors pas de chez moi. Il y a trop de microbes dehors. Et les voleurs. Vous avez pensé aux voleurs ? Hein ?

— Ah, vous avez raison, répond la mère d'Hugo en levant les yeux au ciel et en faisant de vilaines grimaces. Je regarderai pour la semaine prochaine. Je vous rappelle dès que j'ai un créneau. D'accord ?

— Je compte sur vous !, dit haut et fort Madame Tohubohu en raccrochant violemment le combiné de son téléphone au nez et à la barbe de la mère d'Hugo.

La mère a encore le téléphone a la main et j'entends des bips. Voilà comment se termine ma première rencontre avec la fameuse Madame Tohubohu. J'ignorais à l'époque que j'allais la voir en chair et en os à un autre moment. Je vous raconte l'épisode.

La veille, Hugo reçoit un appel sur son téléphone portable. Je me souviens de ce jour. C'est la première fois aussi que je vois Hugo aussi enthousiaste. Mais sincèrement enthousiaste. Je regarde Hugo depuis ma cachette. Il est au téléphone portable. Il dit à son interlocuteur :

— Ouais, super Arnaud. Je t'attends. Tu veux venir quand ? .... Quoi, demain ? Cool. C'est la maison à deux rues du lycée en repartant vers la ville..... Comment ça ? Tu connais l'atelier de yoga de ma mère ? .... Ok vieux, demain. 14 heures ? D'accord !

Hugo raccroche son téléphone portable et se jette l'air heureux sur son lit. J'ai bien envie de lui dire de faire attention à moi, la prochaine fois. Il s'est jeté si vite sur son lit qu'il a failli m'écraser. On ne fait pas ça à un ami, on ne l'écrase pas. Mais il ne m'entend pas. De mon côté, je n'ai pas compris un traître mot de ce qu'il a dit au téléphone. Discrètement, je pars me cacher dans mon trou à côté de la table de chevet d'Hugo. Soudain, j'entends un bruit :

— Psst !

Je me retourne et je ne vois rien. Mais plus loin, je vois un bout de feuille de papier s'agiter. Je scrute la feuille pour mieux la voir. Mais je ne vois qu'un bout de feuille. Rien d'autre. Le bruit recommence mais encore plus net :

— Psst !

Je ne suis pas fou, je me dis. Je cours en direction de la feuille de papier. Mais je m'arrête à temps : Hugo se lève et manque de me voir. Le coup de savate est garanti. A l'heure qu'il est, je devrais être mort. Je me cache sous le matelas. Je n'entends plus rien. Hugo est parti rapidement pour aller je ne sais où. Je m'approche de la feuille de papier. Elle gît sur la seconde table de chevet d'Hugo, celle qui est posée à l'opposé de la table de chevet qui me sert de cachette. Même s'il n'y a personne, je me sens observé. Brusquement Hugo revient dans sa chambre. J'ai juste le temps de me cacher, tremblant de peur. Est-ce qu'il y a un fantôme dans sa chambre ou est-ce que je suis fou ?

Mais j'oublie vite ce vilain épisode. Le lendemain, je regarde Hugo. Il range sa chambre pour la première fois depuis que je vis avec lui. Je le vois mettre ses vêtements sales dans la corbeille, bourrer toutes les feuilles de papier qui traînent à terre dans les tiroirs de son bureau qui sont déjà pleins à craquer. Il part jeter sa poubelle qui déborde ; il la remplit à nouveau avec tous les paquets de chips vides, les emballages de bonbons, les je ne sais plus quoi, les trognons de pomme tout secs. Lorsqu'il a fini, la poubelle déborde à nouveau ; mais cette fois, il ne part pas la jeter. Pour couronner le tout, il ouvre les volets et la fenêtre. C'est à ce moment que je peste. Pourquoi tant de haine, pourquoi ? D'habitude, il ne les ouvre jamais. Il répète sans arrêt à sa mère :

— Pourquoi ouvrir les volets le matin pour les refermer le soir même ?! C'est débile de faire ça !

Entre nous, je partage son point de vue. De plus, nous, les cafards, nous préférons vivre dans les endroits sombres et humides. La chambre d'Hugo est juste parfaite pour moi ; ça il l'ignore je suppose. Un jour, peut-être, j'aurai l'occasion de lui faire comprendre ça ! Pour l'instant, pour la lumière, même en plein jour, il préfère allumer les lampes. Sa chambre reste plongée dans le noir du jour au matin. C'est parfait pour moi. Mais tout son remue-ménage m'embête. Je pense que le coup de téléphone d'hier y est pour quelque chose. Hugo attend de la visite. Il sort tous les boîtiers de jeux vidéos qu'il a achetés et qu'il n'utilise jamais. Puis il les expose sur la table basse prêt de la télévision. Il proclame :

— Arnaud vient à 14 heures. Enfin j'ai un pote qui vient chez moi. Il va aimer ces jeux !

Quelqu'un frappe violemment à la porte d'entrée. Hugo sursaute et se précipite pour ouvrir. C'est Arnaud. Habillé en tenue de jogging noir et blanc, il est gros et plus petit qu'Hugo. Hugo le salue et le fait entrer dans sa maison.

— Cool ta maison. Il est où l'atelier de yoga ?, dit impatiemment Arnaud.

— Là-bas, répond Hugo en montrant l'atelier. Tu viens faire du yoga ?, il s'étonne.

— Non, par contre Mélina et ses copines font du yoga avec ta mère, tu ne sais pas ?

Hugo reste sans voix. Non, il ignorait que sa mère donne des cours à des filles de son lycée. Arnaud se précipite devant l'atelier au fond du jardin. Hugo le suit. Moi aussi. Voilà quelques minutes que nous sommes tous les trois dans le jardin, Hugo, Arnaud et moi. Tout est silencieux, à part dans la maison ; Lola a branché ses micros et chante à tue-tête. Protégés par le double vitrage de la fenêtre, nos oreilles et antennes (pour moi) ne souffrent pas trop. La mère d'Hugo s'est absentée. Il n'y a personne dans l'atelier de yoga. Le père s'est enfermé dans son bureau. C'est l'heure de sa sieste ; il dort certainement. Arnaud attend fébrilement l'arrivée des filles et ne prend même pas la peine de parler à Hugo. Ce dernier comprend qu'Arnaud veut seulement voir les filles et pas lui ; il se sent gêné et semble se demander ce qu'il fait là. Finalement, Hugo s'agace et dit à Arnaud :

— Tu comptes dire quoi aux filles lorsqu'elles viendront ?

— Ben, je ne sais pas ! Je suis là par hasard !, répond Arnaud l'air de douter de lui.

— Ça fait louche, à mon avis, lui dit Hugo. Elles sauront que tu les attends. Les filles n'aiment pas ça !

— C'est bon, toi, tu peux les voir quand tu veux. Tu habites ici et ta mère est leur prof de yoga. Tu dois mater, non !!!! D'ailleurs j'ai une idée, on fait l'air de rien et par la fenêtre on regarde les filles faire le yoga. T'es d'accord ?

— Heu ………, dit Hugo à court d'idées visiblement.

— Ben quoi ? Tu n'aimes pas les filles ?, demande Arnaud les yeux hors de leurs orbites tant il est surpris.

— Ah, si, j'aime bien les filles. Mais Mélina et sa bandes sont des moqueuses. C'est le genre de filles à éviter si tu ne veux pas passer pour un bouffon dans tout le lycée jusqu'à ton entrée à la fac. Ouais, moi, je préfère éviter la bande à Mélina. Tu devrais faire pareil, tu sais !!!!

— Mélina arrive bientôt. Je pourrai peut-être même la regarder se courber faire du yoga. T'imagines ?!!!!

— Arrête de rêver. Tu as oublié quelqu'un d'autre !

— Ah ouais, qui ça ?

— Ma mère. D'ailleurs, on ferait mieux de se casser de la cour parce que si elle nous voit, on va passer un sale quart d'heure.

— Tu peux parler, toi tu peux venir mater en douce. Ta mère, j'ai pas peur !

— On verra ça, se moque Hugo. Tu la reconnaîtras de suite ma mère. Elle parle et elle marche vite. De plus, elle porte toujours une tenue de yoga aux couleurs ultra-fluo qui te font mal aux yeux. Tu verras un peu quand tu la verras foncer sur toi comme une furie avec ses couleurs fluo.

— Boh, tu me fais pas peur. Je veux que Mélina me voie.

Je suis caché sous le banc et je les écoute. J'applaudis de toutes mes antennes le courage de ce Arnaud que je ne connais pas. Mais je dois le mettre en garde tout comme Hugo vient de le faire : la mère d'Hugo sera furieuse de les voir traîner dans la cour de son atelier et je ne parle même pas de ses vêtements fluorescents qui vont lui griller les yeux. Il verra bien ce gredin. Hugo réussit à parler. Il dit à Arnaud :

— Si on allait boire un verre chez moi. Moi j'ai soif, et j'ai des chips aussi. Tu viens ?

— Ouais, tu as raison. On y va.

Je les suis dans la maison trop heureux de manger des chips. J'en frémis d'avance. Nous sommes installés dans la cuisine. Arnaud et Hugo s'empiffrent de chips. Moi à terre je me régale aussi. Soudain, quelqu'un frappe violemment à la porte. Hugo court ouvrir mais ne voit personne sur le seuil de la porte. Il hausse les épaules, referme la porte d'entrée et retourne à la cuisine.

— Viens voir Hugo, lui dit Arnaud. C'est qui cette dame dans ton jardin? Elle est folle ?

— Je ne sais pas, répond Hugo les yeux grands ouverts en regardant une femme dans le jardin. Par contre c'est une vraie furie. C'est elle qui a sonné, je crois. Elle n'a même pas attendu qu'on vienne ouvrir la porte. C'est sans doute une cliente de ma mère. Mais c'est la première fois que je la vois.

Je monte sur la table de travail devant la fenêtre et je regarde par la fenêtre sans me faire voir d'Hugo et d'Arnaud. Je vois une femme corpulente, habillée d'un tailleur noir et violet qui se déambule l'air agacé dans le jardin et tambourine à la porte de l'atelier de yoga. Mais personne n'ouvre car la mère d'Hugo est absente ; ça rend la femme folle de colère. Nous sommes toujours là, figés par l'incompréhension, à regarder la femme violente dans le jardin. Au bout de dix minutes, elle peste haut et fort des paroles incompréhensibles et s'en va. Arnaud et Hugo sont soulagés. Ils s'assoient à la table de la cuisine et continuent de manger des biscuits d'apéritif et des chips. Hugo dit à Arnaud :

— Bah, la furie est partie. J'ai cru qu'elle allait défoncer la porte de l'atelier de ma mère. Elle a de drôles de clientes ma mère !

— Tu as raison, rétorque Arnaud. C'est bientôt l'heure. Les filles arriveront.

La sonnerie de la porte d'entrée retentit brusquement. Hugo se lève comme poussé par un ressort et court ouvrir la porte. Il se retrouve nez-à-nez avec la dame mécontente qui était dans le jardin. Haletante, elle lui dit haut et fort :

— Je viens voir le professeur de yoga, Nathalie. Elle n'est pas là ?

Hugo ne sait que répondre. Il voit les yeux de la femme et ça lui fait peur ; ceux-ci sont rouges et globuleux. On dirait qu'ils vont sortir de sa tête. Hugo ouvre alors de grands yeux ébahis puis il se met à baragouiner :

— Heu !!!!

— Je suis Madame Tohubohu, dit la femme. Une cliente de Nathalie. Vous êtes sans doute son fils.

— Heu !!!!!

— C'est toi que j'ai eu la dernière fois au téléphone ?, dit la femme en fronçant les sourcils.

Puis elle s'impatiente et elle gronde :

— On ne t'a pas appris à parler ?!

— Heu !!!!, continue de dire Hugo.

— C'est pas grave, se ravise Madame Tohubohu. Dis-lui que je veux lui parler. N'oublie pas hein?!, dit-elle.

Brusquement elle empoigne la porte d'entrée et la referme sur le nez d'Hugo.

Ce dernier est sous le choc. Au fond depuis la cuisine, Arnaud pouffe de rire. Il dit :

— C'est un sacré numéro cette bonne femme.

Hugo se retourne vers Arnaud et hausse les épaules sans perdre ses yeux grand ouverts.

Quelques minutes plus tard, j'entends des personnes rirent dans le jardin. Je me retourne et je vois un groupe de quatre jeunes filles aussi grandes qu'Hugo. Elles portent des tenues de yoga aux couleurs douces. Ça, la mère devrait en prendre exemple. Elles sont agrippées à leurs téléphones portables et à leurs écouteurs qui leur font des oreilles avec des antennes comme les miennes. Elles sont joyeuses et s'amusent à se bousculer. Je vois une flèche aux couleurs fluorescentes traverser le groupe à vive allure. Je devine que c'est la mère d'Hugo. Elle ouvre rapidement la porte de l'atelier de yoga et entre, suivie des jeunes filles.

— Elles sont là, dit Arnaud avec enthousiasme. Bon, j'y vais !

— Mais tu ne préfères pas venir dans ma chambre ? J'ai préparé des jeux vidéos !

— Bah, une autre fois. J'y vais !, dit Arnaud en partant comme un éclair dans le jardin.

Mais lorsqu'il s'approche de la salle de yoga, la mère d'Hugo sort comme une furie.

— Tu viens toi aussi pour l'atelier de yoga ?, lui crie-t-elle. Je ne te connais pas.

— Non Madame !

— Alors qu'est-ce que tu fiches ici ?

— Je partais Madame. J'étais avec Hugo.

Les filles sortent à leur tour et pouffent de rire. Arnaud s'en va penaud.

— Voilà, les filles se moquent de lui. Il se taille une vilaine réputation au lycée. C'est tout ce qu'il a gagné !, murmure Hugo.

Il retourne dans sa chambre et commence à jouer seul au jeu vidéo. Puis il soupire au bout d'une vingtaine de minutes, ferme les volets de sa chambre, allume la lampe et dessine assis au pied de son lit à la lumière de la lampe de sa table de chevet. Je profite pour me reposer, dans mon trou dans la table de chevet près de son lit et je m'endors complètement. Voilà ma rencontre en chair et en os avec Madame Tohubohu.

Le lendemain, comme à son habitude, la mère d'Hugo fait le ménage. Elle passe l'aspirateur dans toute la maison, sauf dans la chambre d'Hugo, pour mon grand bonheur. Je peux ainsi me promener en paix sans risquer d'être aspiré par cette horrible machine. Hugo se rappelle lui aussi de sa folle rencontre avec cette fameuse Madame Tohubohu. Il interrompt sa mère pour lui en parler. Il lui dit :

— Maman, je ne t'ai pas dit, mais Madame Tohubohu est passée hier à ton atelier !

— Quoi ? Attends !, dit la mère avant d'éteindre sa machine bruyante.

— Je disais qu'elle est passée hier. J'ai oublié de t'en parler !

— Madame Tohubohu, tu en es sûr ? C'est impossible ! Elle refuse de sortir de chez elle soit à cause des voleurs, soit à cause de la pollution, soit à cause de je ne sais pas quoi. Elle est ochlophobe !

— Hein ?! C'est quoi ça ?, demande Hugo.

— Craindre la foule, elle est folle quoi !

— Ah oui ! Ça d'accord, elle est folle. Elle voulait à tout prix que tu saches qu'elle est passée.

— Pffft !, souffle la mère. Elle veut que je vienne chez elle pour donner un cours de yoga à domicile. Mais tu sais bien que je préfère rester à la maison pour veiller sur ton père. Depuis qu'il s'est mis dans l'idée de monter son entreprise, il ne va pas bien. Tu ne trouves pas Hugo ?

Hugo hausse les épaules en signe de réponse.

— Tu fais quoi de la furie Madame Tohubohu ?, demande Hugo à sa mère. Elle fait peur cette bonne femme !

— Oh, ne t'inquiète pas pour ça, dit sa mère en enclenchant l'aspirateur et en s'en allant. Je m'en occupe.

Au secours ! Il y a un fantôme dans la chambre d'Hugo

Il y a un fantôme dans la chambre d'Hugo. J'entends des "Pstt" ; mais je ne vois rien. Je vois un bout de feuille de papier voler dans les airs ; chose bien curieuse. Pire, je me sens observé. Mais par qui ? Par quoi ? Ça, je vous le demande. J'en frémis de peur. Je reste malgré tout dans la chambre d'Hugo. Pour réussir à lier l'amitié il le faut bien. Tôt ce matin, il s'est habillé rapidement. Il a attrapé son pantalon qu'il avait laissé choir au sol la veille et un gilet qui était suspendu à la porte de sa penderie entrouverte. Je l'ai entendu. Il a pris le gilet il l'a respiré bien fort son odeur puis il s'est exclamé :

— Oui, c'est assez propre ! Ça ira pour aujourd'hui.

C'est son rituel à lui pour savoir si un vêtement est propre ou non. J'ai appris que vous les humains vous êtes obligés de laver vos vêtements tous les jours ou de temps en temps. Vous n'êtes pas comme nous, les cafards. Nous avons une carapace qui se nettoie d'elle-même. C'est pratique. Je pense qu'un jour, Hugo sera heureux d'apprendre qu'il peut faire comme moi, porter une belle carapace. En tant qu'ami, je peux bien faire ça pour lui – même si je ne sais pas trop comment faire. Mais un jour, vous verrez, vous les hommes, vous porterez des carapaces comme nous les cafards. Plus besoin de gaspiller l'eau. Plus de savon. Enfin, tout ça, je ne connais pas. Donc je ne vais pas développer. Pour moi, parler d'eau et de savon, c'est de la science-fiction. Je reviens donc à mon récit. Je vois Hugo. Il a mis quelques classeurs dans son sac à dos et un paquet de bonbons tout déchiré. Puis il est parti en trombe. J'ai pas eu le courage, ou plutôt le réflexe, de me lever pour le suivre. J'ai entendu l'aspirateur de la mère vrombir de toutes ses forces dans le couloir – raison supplémentaire pour rester terré dans mon trou de la table de chevet. Je me fais tout petit. Encore plus petit qu'un cafard marron déjà bien petit. La porte de la chambre d'Hugo s'ouvre. J'entends la mère souffler d'exaspération. Puis elle dit :

— Une autre fois, je passerai l'aspirateur dans sa chambre, une autre fois. Quel bordel !

Elle est ensuite partie dans la pièce voisine. Victoire , je m'écrie dans mon coin. Je suis sauvé. Mais le bruit de l'aspirateur parvient jusqu'à mes antennes alors que la mère d'Hugo est partie dans les autres pièces de la maison. Ça m'empêche de m'endormir à nouveau. En plus, Hugo a laissé allumée la lampe de sa table de chevet. La lumière tombe pile poil sur ma cachette. Une partie de son oreiller est éclairée. Je peste contre lui. Je regarde la lampe et je ne sais comment l'éteindre moi-même. Je regarde partout autour de moi dans l'espoir d'éteindre cette satanée lumière. Soudain, je vois des petites boules rondes et noires posées sur l'oreiller.

— Qu'est-ce que c'est que ça ?, je m'étonne à haute voix.

Je me redresse et m'approche des petites boules.

— Hum, c'est bien ce que je pensais. Quelque chose a fait ses besoins sur l'oreiller. Mais qui donc ? Est-ce le fantôme ? Mais non, un fantôme ne fait pas ses besoins !

Stupéfait, je reste sans voix. Personne n'est avec moi dans la chambre d'Hugo. Tout d'un coup, je m'affole. Je murmure :

— J'ai peur qu'Hugo m'accuse d'avoir fait mes besoins sur son oreiller. Pourtant il sait que je ne suis pas capable de faire ça, surtout pas à un ami - « futur ami ».

Je cours dans tous les sens et je saute sur l'oreiller. Avec mes pattes, j'essaie de faire tomber les crottes de l'oreiller. Soudain je sursaute et je m'exclame :

— Si Hugo voit ces crottes, il se doutera de ma présence. Vite, pas une minute à perdre. Il faut les faire disparaître. D'accord, je veux bien qu'il me voie pour commencer une belle amitié, etc. Mais pensez-vous qu'on débute une belle histoire avec des crottes ?! Moi, je sens déjà arriver le coup de savate mortel.

Je continue de sauter jusqu'à ce que mes efforts portent leurs fruits ; les crottes se détachent et roulent au pied du lit. La porte s'ouvre brusquement. Je me cache comme un éclair dans les draps. Hugo rentre et remue partout. On dirait qu'il cherche quelque chose. Sa mère se tient à la porte de sa chambre. Hugo continue de soulever les draps de son lit et m'aperçoit brièvement. Je dis bien "brièvement" car j'ai couru aussi vite que possible me réfugier sous une latte de son lit. Mais je pense qu'Hugo a eu le temps de me voir car il a dit à sa mère :

— Tiens, j'ai la berlue ou quoi ?! J'ai cru voir une bête courir sous le lit.

— Pas étonnant, répond la mère. Dans un capharnaüm pareil, les bêtes sont bien ! Tu veux que je nettoie ? Il suffit de pas grand chose tu sais : ranger les vêtements, les ....

— J'ai trouvé mon portable, interrompt Hugo. Pitié, ne touche pas à ma chambre !

Hugo et sa mère s'en vont et referment la porte derrière eux. Moi je respire enfin. Je sais qu'Hugo m'a vu.

— C'est un premier pas vers notre amitié !, je dis, songeur, les yeux pleins d'étoiles.

Je suis sur le point de sortir de la chambre. Soudain, derrière moi, j'entends :

— Psst ! Psst !

Je me retourne mais je ne vois rien. Je soupçonne la présence d'un fantôme dans la chambre d'Hugo. Irrité, je gronde à son adresse :

— Ça commence sérieusement à m'irriter ce fantôme. Il n'a qu'à se montrer ! Moi, pour l'instant, je pars manger. A tout à l'heure.

Je sors de la chambre d'Hugo énervé et je me rends dans la cuisine.

— Dieu soit loué ! Lola n'a pas terminé son petit déjeuner. Assise devant la télévision dans la salle à manger, elle regarde à la télévision son émission préférée : « Je chante comme une diva – spécial jeunes ». Elle rêve d'y participer et de gagner le prix.

Je rampe sur les parois lisses de son bol puis plonge ma tête avec délice dans le lait gorgé de céréales. Mais du coin de l'œil je vois quelque chose bouger en face de moi. Je lève la tête d'un coup. Qu'est-ce que je vois ? Un autre cafard que moi !

— Il y a donc un autre cafard que moi dans cette maison ?, je me demande. Est-il l'ami d'Hugo ? Bien pire ! Est-ce le fantôme de la chambre d'Hugo et qui fait des crottes ?

Vite, je cours vers lui. Mais Lola vient de se lever et s'approche de la cuisine. Je cours me cacher sous la table, imité par l'autre cafard. Il m'aperçoit à son tour. Je ne suis toujours pas sûr d'avoir affaire à un fantôme. Pour en avoir le cœur net, prenant mon courage à deux antennes, je cours à sa rencontre ; un évènement qui bouleversera le cours de mon existence. Mais il y a quelque chose qui cloche : le cafard ne semble pas être surpris de me voir. Me connaîtrait-il ? Je ne suis pas seul avec Hugo ? Je remarque qu'il me ressemble avec les mêmes couleurs marrons, les antennes à la tête, les ventouses sur les pattes – pas de doute, c'est bien un cafard. Mais il est quatre fois plus gros que moi. Il est également sans doute plus vieux. Il me regarde fixement et son regard globuleux semble me juger.

— Je suis Hector !, dit le cafard mystérieux.

Je ne sais quoi répondre. Bêtement, je viens de penser à quelque chose : ma mère ne m'a jamais donné de nom. Je suis un cafard et je me suis dit que s'appeler "le cafard" suffit amplement à me donner un nom. Je regarde Hector et je me dis qu'il faut peut-être taire toute cette discussion à mon égard. Plein d'assurance, je lui réponds :

— "Le cafard" !

— Mais c'est pas possible !, dit-il en secouant la tête de tous les côtés et en se tenant les antennes du bout de ses premières paires de pattes. Sinon, moi aussi je peux m'appeler comme ça !

— Allons bon, je murmure, parce qu'en plus j'ai affaire à un intellectuel. Flûte !

Hector continue et il dit :

— Même Curl et Ima devraient s'appeler comme ça. Mais dis-moi, si tous les cafards s'appellent "le cafard", comment fait-on pour discuter entre nous. On dirait : "Le cafard" a fait ci ! Oui, mais lequel des cafards ? Hein ? Je te le demande ? Est-ce moi, est-ce toi, est-ce Curl, est-ce Ima ? Voire même, est-ce Ed ? Je l'avais oublié celui-là.

Je le regarde stupéfait. Je plonge dans mes pensées et je me dis en regardant Hector :

— Qu'est-ce qu'il aime s'entendre parler celui-là. Ça me saoule. Je me demande si je ne suis pas bien tout seul, moi "le cafard" avec mon ami Hugo.

Soudain, je me remémore ce qu'il vient de dire (oui, il me faut un certain temps de réflexion avant de digérer son flot de paroles). Je murmure :

— Il a parlé de lui, Hector. Mais qui est Curl, Ima et Ed. Des cafards ?

Les antennes dressées, je lui crie :

— Quoi, il y a d'autres cafards que moi dans cette maison ?

Hector me toise et s'en va vers la buanderie. Elle est située juste à côté de la cuisine. Je le suis. On arrive à la buanderie. Je me rends compte que je n'y viens jamais. Le plus souvent, je fais le chemin entre la chambre d'Hugo et la cuisine ou la salle à manger. Les soirs j'aime bien prendre le repas avec la famille dans la salle à manger et rester sur le fauteuil dans le salon devant un film. Mais d'ailleurs, qu'est-ce que je viendrais faire dans la buanderie. Il n'y a que des placards blancs fermés hermétiquement et des machines avec des produits qui sentent forts et pas bons à manger. D'ailleurs, Hugo n'y va jamais. Pareil pour ses vêtements, il ne les lave pas.

— C'est ici que je vis, me dit Hector. Et toi ?

— Dans la chambre d'Hugo. Tu connais ?

— Je ne vois pas ! Qui c'est cet Hugo ? J'ai vu le père, la mère et la petite peste qui chante faux, Lola. Ils viennent faire leur lessive ici. La mère repasse le linge avec des vêtements aux couleurs atrocement fluorescentes qui me font mal aux yeux. Chaque matin cette idiote me réveille. Le soir ou l'après-midi c'est pareil. Elle vient prendre un aspirateur. Elle en a de toutes les tailles. Ils sont rangés dans ce placard, juste au dessus de ma cachette. Tu vois ?

Je lève la tête et je vois sa couche surmontée d'un panel d'aspirateurs.

— Oui, je vois, je réponds. Donc tu ne connais pas Hugo, le garçon de la famille. Je crois qu'il ne vient jamais laver ses vêtements. Ou c'est sa mère qui s'en occupe.

— Ha, je vois !, s'exclame Hector. Tu dors chez lui. Moi, ici, j'ai trouvé une cachette parfaite, près de la cuisine. Je viens manger toutes les miettes. Il faut faire vite. Sinon, la mère vient passer l'aspirateur. C'est une manie chez elle, l'aspirateur. Le matin, aspirateur. A midi, après le repas, aspirateur. Le soir, devine.

— Aspirateur !, je dis pour me montrer gentil. Je sais, elle vient souvent me réveiller le matin avec sa machine.

Puis je soupire :

— Je suis seul dans la chambre d'Hugo. Seul avec un fantôme...

— "Seul avec un fantôme", répète Hector en ouvrant de gros yeux. Comment ça ? Tu n'as toujours pas rencontré Ed ?

C'est à mon tour de le regarder l'air ébahi.

— Qui est Ed ?, je demande à Hector.

— Le cafard qui vit avec toi dans la chambre d'Hugo. Pardon : je veux dire "l'autre cafard" !

– Ed ?, je réponds visiblement troublé. Par contre, je pense qu'il y a un fantôme …

– Hein ?, me coupe sèchement Hector. Ed n'est pas un fantôme. Il m'a dit qu'il a essayé de te parler plusieurs fois. Mais toi tu fais semblant de ne pas le voir. Tu le snobes !

– Comment ça je le snobe ?, je réponds irrité. Je ne snobe personne. Il n'a qu'à venir me parler !

– Ben voyons, redescend de ton piédestal. Non, tu n'es pas seul dans la chambre d'Hugo.

– Hugo sera mon ami, je me confie. Pour l'instant, je reste près de lui dans sa chambre.

– Alors là, mon vieux, tu rêves les yeux ouverts ! Hugo, lorsqu'il te verra, il ne pensera qu'à une chose, c'est garanti : t'écraser. Pafffff !, crie Hector.

J'ouvre de grands yeux et j'essaie de cacher ma stupeur à Hector. Je continue et je dis l'air de rien :

– Bah, les humains ont bien des animaux de compagnie : des chiens, des chats, des oiseaux, des rats. Alors pourquoi pas un cafard ?

– Tu te fais du mal, arrête !, dit Hector d'un air hautain. Tu nous as nous, Ed, Curl et Ima, et moi. Des cafards comme toi. Qui se ressemblent s'assemblent !

Déçu par cette conversation, je le quitte. Un jour, il me promet, il m'emmènera voir Curl et Ima.

— Bon, pour Ed, c'est pas la peine, hein, puisqu'il vit comme toi dans la chambre d'Hugo.

L'odeur qui plane dans la buanderie me donne mal au cœur. Je l'ai senti dès que j'ai suivi Hector dans la buanderie. J'ai l'impression qu'elle est nuisible pour ma santé. Je me vois mourir étouffé à force de respirer cette odeur. Mais d'où vient cette odeur, je me demande en moi-même. Je questionne Hector :

— Tu respires cette odeur ? C'est quoi ?

Hector lève ses antennes, les fait tourner dans tous les sens et répond :

— Ah, ça, c'est l'odeur des produits pour faire la lessive. C'est pas bon à manger mais ça va !

— Et tu arrives à vivre ici, dans cette odeur. Tu n'as pas mal au cœur ? Tu pourrais vivre ailleurs.

— Ah oui, et où ça ?, demande Hector.

— Pour nous les cafards, on est pas bien grand. Tu peux vivre partout dans cette maison ailleurs qu'ici. D'ailleurs, tu as l'atelier de yoga de la mère d'Hugo. C'est grand et en plus, tu n'as pas l'odeur de ces satanés produits pour faire la lessive. Autre avantage, la mère d'Hugo ne viendra pas te déranger pour prendre un aspirateur.

Fière de moi, je termine en disant :

— Ouais, c'est une chouette idée, ça !

Hector, mauvais bougre, me lance :

— Si c'est une si chouette idée que ça, pourquoi tu n'abandonne pas ton ami humain, Hugo. Quitte sa chambre et pars t'installer dans ce lieu si super !

Dans cette phrase, je sens comme une boutade à mon projet d'amitié avec Hugo. Je me sens offusqué. Hector s'en aperçoit et me jette :

— Je suis bien ici. J'y reste. Toi, tu es un cafard, monsieur « le cafard ». Tu peux bien survivre à une catastrophe nucléaire. Ce n'est pas l'odeur de pauvres produits de lessive qui vont te tuer. Tu ne serais pas un peu chocotte par hasard, termine Hector en me fixant avec ses yeux globuleux.

Sans répondre, je m'en vais, la marche assurée pareille à celle d'un prince sans prendre la peine de lui répondre.

Ed, le cafard nuisible et les autres cafards

Je retrouve Hugo dans sa chambre. Il est assis au pied de son lit, un cahier de croquis à la main. Depuis le départ d'Arnaud, il a visiblement décidé d'arrêter de nettoyer sa chambre. Celle-ci a retrouvé son aspect d'antan et ce n'est pas plus mal pour moi. Comme auparavant, et ça n'a pas traîné, toutes ses affaires sont à terre : vêtements, cahiers, radio, téléphone portable, feuilles de dessin, crayons et tubes de gouaches. Je peux me cacher aisément sans craindre qu'il me voie. Je monte dans ma cachette, décidé à m'endormir. Mais j'entends un bruit bref :

— Psst !

Je me retourne aussi vite que je peux et je vois un cafard. C'est Ed, selon moi, celui que je prenais pour un fantôme. Il est aussi gros qu'Hector avec une bedaine qui traîne au sol. Ses yeux sont jaunes, hyper globuleux. Un liquide semble couler à travers.

— Ah bien tout de même !, me crie-t-il dédaigneusement. Tu as enfin des oreilles ! Tu arrêtes de me snober !!! Tu me vois là !!

Je le regarde en clignant des yeux. Je n'apprécie pas cette approche. Sans prendre la peine de lui répondre, je me retourne et je le snobe.

— Comme ça, au moins, je marmonne, il peut continuer à dire que je le snobe.

J'ai comme le pressentiment qu'on ne va pas s'entendre tous les deux.

— A table !, crie la mère d'Hugo.

Hugo jette son cahier de croquis et se sauve. Je me retourne et je vois Ed qui me regarde d'un air fâché. Je le regarde à mon tour en silence.

— Cette tête ne me dit rien qui va, je me dis. Mieux vaut l'éviter.

Discrètement, je descends de ma cachette et je me dirige vers la porte. Ed crie alors :

— C'est ça, tu suis Hugo comme un toutou. Mais tu seras jamais comme lui. Cafard va !

Sans prendre la peine de m'arrêter pour le toiser, je m'en vais la tête haute.

Les jours passent et se ressemblent. J'ai fait la connaissance de Curl et Ima. Contrairement à Ed, ils sont adorables. C'est un couple d'amoureux. Ils vivent dans l'atelier de yoga de la mère d'Hugo. Pour se nourrir, ils profitent des miettes laissées par les clientes ; ou alors, ils piquent des gâteaux dans leurs sacs.

— C'est une vraie mine, un trésor, leurs sacs à main à ces femmes-là. Elles sont toujours là à sortir de leurs sacs des gâteaux, des chips, me dit tout excité Curl un jour.

— Il y a même parfois du fromage, dit Ima.

Pour l'instant, ils sont prudents et personne ne les voit. Mais je les mets en garde. Je leur dis :

— Tant mieux, mais faites attention. Si la mère d'Hugo vous voit, telle que je la connais, elle sortira l'aspirateur. Et on ne vous reverra plus.

Mais Curl et Ima s'en foutent complètement de mes mises en garde. Ils ne changent pas leurs vilaines habitudes et se promènent les yeux dans les yeux.

Je pars souvent les voir. Leur présence me fait du bien. Ils passent leur temps à se faire des mamours. Hector nous rejoint parfois. En revanche, Ed ne vient jamais. Hector m'a dit un jour à son propos :

— Ed, il ne sort jamais de son trou. La seule fois où je l'ai rencontré, c'est le jour et l'unique où j'ai voulu me promener dans la maison. C'est trop risqué ; l'un des humains pourrait me tuer. Mais, je vais vous dire : Ed, c'est le cafard à ne jamais rencontrer si tu veux être heureux !

— C'est une belle philosophie, je réponds, mais je vis dans la même chambre que lui.

— Bah, viens dans la buanderie. Il y a de la place pour tout le monde, me dit Hector. Tu vas t'y habituer comme moi aux vilaines odeurs de produits.

— Tu peux même venir ici, il y a de la place, me répondent en chœur Ima et Curl.

— C'est gentil, les amis. Mais j'ai un grand projet : devenir l'ami d'Hugo. Je dois rester dans sa chambre.

— N'importe quoi, me répondent d'un air las Hector, Curl et Ima. Tu sais bien que s'il te voie, il te tue.

A ces paroles, qui d'ailleurs raisonnent en moi, je ne sais quoi répondre. Je préfère me taire.

Un secret bien gardé

Le mois d'octobre est arrivé sans que je le vois. Mon projet d'amitié avec Hugo n'a pas avancé d'un pouce. Pire, je suis la risée des autres cafards. A chaque fois que je les vois j'ai toujours des réflexions désobligeantes du genre :

— Alors, ton pote Hugo, il ne t'a pas encore écrasé ! Ha, ha, ha !

Je pouffe de réprobation et je hausse les épaules. Hector insiste et veut que je vienne vivre avec lui. Je résiste encore mais jusqu'à quand, ça je vous le demande. En revanche, depuis que je le connais, je trouve qu'il est bien gros et bien gras pour quelqu'un qui mange les rares miettes que je trouve après les repas. De plus, la famille manque encore plus d'argent. Comme le père refuse de repartir travailler à Cap Informatique, il ne reçoit plus sa paie. La mère d'Hugo n'arrête pas de lui faire des reproches à ce sujet. Résultat : la famille ne mange que des pâtes avec de la sauce tomate. C'est un repas qui laisse peu de miettes. Moi-même, j'ai parfois du mal à en trouver. Je me rabats alors sur quelques feuilles de papier. Et oui, nous les cafards, nous adorons manger le papier. Mais Hector, je me le demande, pour être aussi gros et gras, de quoi se nourrit-il ? Un jour, je lui pose la question.

— Ça, ce ne sont pas tes affaires !, il me lance comme réponse.

Vu son manque de coopération, je décide de mener mon enquête. Ce que je découvre est abominable. Oui, c'est le mot. Pour le découvrir, j'ai agi en embuscade. J'ai repéré un trou dans un meuble dans la cuisine depuis lequel je peux voir Hector sortir de la buanderie sans qu'il me voie. Je m'y installe et j'attends. Je le vois arriver. Il vient en même temps que la mère d'Hugo. Elle porte encore cette satanée tenue de yoga aux couleurs fluorescentes ; aïe, j'ai mal aux yeux. Ma vue se brouille. Je cligne rapidement des yeux et enfin, ma vue redevient nette. C'est la méthode que j'utilise depuis longtemps pour regarder la mère sans avoir trop mal aux yeux. Au début, c'était assez délicat. Mais avec de l'entraînement, ça va. Bon. Mais là, je m'égare. Je disais quoi déjà ? Ah, oui, la mère d'Hugo entre dans la cuisine. Elle se met à cuisiner et fait tomber une pluie de fromage à cause de ses gestes trop brusques. A ses pieds, la gueule grande ouverte, Hector se régale. Il s'empiffre des miettes de fromages tombées au sol. Lorsque le plat est prêt, la mère d'Hugo le pose sur la table de la cuisine et s'en va. C'est à ce moment que la chose abominable se produit. Mais laquelle ?

Ma découverte me laisse sans voix. Je suis choqué. Outré.

— C'est dégueulasse !, je m'écrie.

Je suis toujours dans mon trou et Hector ne me voit pas. A terre, je vois encore les miettes de fromage. D'ailleurs, parlons-en de ce fromage. J'ignorais qu'elle en mettait dans son plat de pâtes à la sauce tomate. J'abandonne mes pensées et je reviens à Hector. Je le vois. Il s'est rapproché du plat de pâtes avec sa sauce tomate rouge. L'assiette est encore toute fumante. Il grimpe dessus, se retourne et fais ses besoins dans le plat de pâtes. Puis il s'en va à la buanderie aussi vite qu'un éclair. Voilà, vous savez tout. Hector a pris l'habitude de faire ses besoins dans la nourriture de la famille. Je suis sur le point de sortir de ma cachette mais je stoppe net : j'entends des pas. C'est la mère, elle revient. Je la vois. Elle porte encore une tenue de yoga aux couleurs aveuglantes. Mais je résiste et je parviens à garder les yeux ouverts. Puis j'entends le bruit de l'aspirateur qu'elle vient d'enclencher. En un rien de temps, les miettes de fromages que j'espérais manger à l'instant ont disparu, avalées par l'aspirateur.

— Flûte !, je peste. J'ai même pas pu profiter des miettes de fromage.

La famille arrive. Tout le monde se met à table. La mère apporte le plat de pâtes avec sa sauce rouge. Elle mélange le tout avant de servir tout le monde.

— Pouha !, hurle Hugo en mangeant les pâtes. C'est encore plus dégueulasse qu'avant.

— Ton père refuse de partir travailler. Il n'y a pas d'argent pour autre chose. Mange !, ordonne sa mère.

Le père d'Hugo mange en silence et plonge son nez dans son assiette pour éviter le regard des autres. Je me dis :

— Si seulement ils savaient ce qu'ils mangent réellement.

Le lendemain, Hugo ramasse des vêtements à terre et s'habille. Il court à l'atelier de yoga. Je le suis aussi vite que je peux en prenant soin de me cacher. J'avoue que les réflexions des autres cafards me donnent à réfléchir. Depuis un moment, je redouble de prudence afin de ne pas finir écrasé. On arrive à la salle de yoga. Je me faufile derrière Hugo et je rentre avec lui à l'intérieur de l'atelier. Je jette un coup d'œil et je ne vois pas Curl et Ima. J'imagine qu'ils sont en train de se reposer ou de profiter de leur butin de nourriture volé dans les sacs des clientes du cours de yoga, car les clientes viennent juste de partir. A l'instant, la mère d'Hugo est assise devant son ordinateur et elle regarde la vidéo d'une femme qui s'appelle Viccky. Elle est absorbée par la vidéo et ne voit pas son fils derrière elle. Certainement avertie de la présence de son fils à cause du souffle de celui-ci sur son dos, elle se retourne vivement et le voit :

— Ah, c'est toi. Je ne t'ai pas entendu entrer. Il y a un problème ?

— Non. Tu regardes encore les vidéos de cette femme, dit-il à propos de Viccky. Tu n'arrêtes pas !

— Ne te moque pas, dit sa mère en se levant.

Brusquement, je vois la tenue de yoga fluorescente qu'elle porte et ça me fait mal aux yeux.

— Aïe mes yeux, encore des couleurs insupportables, je hurle.

J'ai juste le temps de cligner des yeux et ma vue redevient nette. Je suis soulagé. Hugo semble avoir la même réaction que moi. Il cligne des yeux en regardant sa mère. Puis il soupire. Sa mère le regarde. Moi aussi. Je sais que s'il prend cette attitude, c'est parce qu'il a quelque chose d'important à dire à sa mère. Quoi donc ? Le silence règne. Hugo semble encore hésiter avant de se confier à sa mère. Celle-ci continue de parler.

— Je veux faire comme Viccky, dit-elle songeuse. Elle est américaine et professeur de yoga en Californie aux États-Unis. Sur Internet, elle diffuse des vidéos d'elle et se montre en train de faire du yoga. Elle donne des conseils. Elle a des milliards d'abonnés sur sa chaîne sur Internet. Elle est riche grâce au yoga. En ligne, on peut acheter tous les produits dérivés : tenue de sport, baskets, et même des brosses à dents ou des pinces à épiler avec sa marque « Viccky yoga ».

— Ouais, répond doucement Hugo.

Les yeux pleins d'étoiles, sans prendre la peine de regarder son fils, et d'apercevoir son désintéressement total pour ce qu'elle raconte, la mère d'Hugo continue de parler et dit :

— Je fais comme elle, tu le vois bien ! Je donne des cours de yoga et j'ai créé ma propre ligne de vêtements, dit-elle en montrant sur elle la tenue de yoga aux couleurs fluorescentes. Et tu as vu tous les bijoux indiens que j'ai ramenés de mon voyage en Inde lors de mon dernier stage de yoga. Tu vois ?

Comme une machine, elle se précipite sur le stand qui se trouve dans son atelier et montre un à un à Hugo tous les vêtements et les bijoux dont elle parle. Hugo sort lui même de sa léthargie et interrompt sa mère promptement. Il lui dit :

— Maman, je ne suis pas venu t'acheter tes trucs. Stop.

— Je sais, je sais, mon chéri. Mais j'ai tellement l'impression que tout le monde s'en fout de ma collection de vêtements et de mes bijoux authentiques indiens.

Elle soupire un long moment. Hugo ne sait plus trop où se mettre. Il a l'air gêné et regarde ses talons. Puis soudain il lâche sans préambule :

— Euh ! Ah, au fait, j'arrête le foot. Je me suis inscrit au tennis.

Sa mère ouvre de grands yeux et demande :

— Mais, pourquoi ? Tu viens juste de commencer en septembre. Nous sommes seulement en octobre. Un mois, c'est un peu court !

— Je sais, mais ça ne me plaît pas. Le foot, c'est juste une bande d'abrutis qui courent tous ensemble derrière un pauvre ballon. Bof !!! J'ai pris ma décision. Je commence la semaine prochaine. Tu m'achètes une raquette de tennis ! Merci, j'en ai besoin. Ça coûte pas cher. Salut Maman ! Je vais être en retard au lycée !

Il quitte sa mère brièvement. Celle-ci a encore la bouche grande ouverte et répète en réfléchissant à leur situation financière : « Ça coûte pas cher ».

Sous le coup d'une terrible menace

Nous sommes en novembre. Hugo et moi, nous ne sommes toujours pas amis. Il ne m'a toujours pas vu, et pour mon bonheur aux dires des autres cafards de la maison, il ne soupçonne même pas ma présence dans sa chambre. Je suis déçu. Mais je ne vois pas comment faire. Je suis face à un dilemme : soit il ne me voit pas et je reste en vie ; soit il me voit et il m'écrase d'un coup de savate. Hector penche sérieusement pour la deuxième option. Moi, j'en ai froid dans le dos. Je continue de vivre comme avant dans sa chambre. Ed, l'autre cafard qui vit dans sa chambre, continue de m'ignorer. C'est la guerre entre nous. Je m'en fous. Tant qu'il reste loin de moi, je m'en fous. Je ne l'aime pas ; il ne m'aime pas. Voilà tout. En revanche, je ne cesse de le mettre en garde. Je lui dis d'un ton sec :

— Arrête de faire tes besoins dans la chambre d'Hugo. A cause de ça, il soupçonnera qu'il y a des cafards dans sa chambre. Il finira par nous tuer tous les deux.

Lorsque je lui dis la dernière phrase, à chaque fois, je vois dans ses yeux briller une lueur de satisfaction. Je devine alors qu'il serait bien content si Hugo me découvrait et qu'il me tuait.

Bref, je viens de vous dresser un topo de la situation. Pas glorieux, je vous le concède. Hugo est en vacances. Il reste enfermé dans sa chambre et dessine des tas de portraits sur de grandes feuilles. Sa chambres est toujours aussi sale. Il y a plein de vêtements à terre, mêlés à un tas de détritus en tout genre (feuilles froissées, trognons de pommes, sachets de gâteau ou de bonbons vides). Parmi les détritus, je vois les crottes d'Ed. Je peste dans ma barbe :

— Qu'est-ce qu'il peut bien manger comme ça pour être aussi gras et faire autant de crottes ?

L'idée ne m'était jamais venue auparavant. Mais en voyant les tas de crottes d'Ed dispersés partout dans la chambre, je me pose la question. Je suis d'autant plus surpris en sachant qu'il ne sort pratiquement jamais de la chambre. Je confirme même qu'il ne sort jamais de la chambre. Alors comment fait-il pour se nourrir et être aussi gros ? Comme pour Hector, je mène donc mon enquête. Je me pose dans ma cachette habituelle, sur la table de chevet. Je vois Hugo assis au pied de son lit avec un cahier de dessin à la main. Il attrape des feutres et dessine. Il semble très concentré. Il reste près de sa table de chevet afin de profiter de la lumière de la lampe de sa table de chevet. Dehors, il fait grand jour. Les volets de la fenêtre de la chambre d'Hugo sont fermés comme d'habitude ; en effet, toujours son refus de les ouvrir sous prétexte que c'est inutile d'ouvrir les volets le matin pour les refermer le soir. Sa mère peste toujours contre lui, mais rien à faire. Il résiste. Une faible lueur parvient dans la chambre par l'espace entre les volets fermés et le mur. La chambre est plongée dans une quasi-obscurité. Ed se déplace sans être vu d'Hugo. Mais moi, avec mes yeux de lynx, je vois briller sa carapace dans le noir, éclairée faiblement par la lumière du jour et celle de la lampe de chevet. Je le vois.

— Mais que fait-il ?, je me demande.

Je le scrute avec plus d'intensité. Je comprends mieux ce qu'il est en train de faire. Il mange les vêtements au sol. Ah, oui, c'est quelque chose que vous ignorez sans doute. Nous, les cafards, nous pouvons manger le linge. Oui, rien ne nous résiste. Même une guerre nucléaire comme l'a dit Hector ; nous serons les seuls survivants. Ça vous fait froid dans le dos, hein ?!

— Voilà qu'Hugo se retrouvera avec des vêtements plein de trous !, je m'indigne dans mon coin. Il finira par nous faire repérer ce saligaud d'Ed.

Persuadé que je ne peux rien faire contre lui, je décide d'en parler aux autres, Hector, Curl et Ima.

— Sans doute, lui feront-ils entendre raison, je me dis.

Mais malheureusement, lorsque je fais part de ma situation, je ne reçois aucune aide. Hector se contente de hausser les épaules et dit :

— Moi, je m'occupe que de mes oignons. Pas ceux des autres !

Quant à Ima et Curl, ils se dévorent des yeux et s'embrassent langoureusement devant moi avec leurs antennes. Ils ne prennent même pas le temps de me répondre. Donc, je me retrouve seul contre Ed.

Les vacances sont terminées. Hugo recommence son train-train quotidien : maison, lycée, sport, école de dessin. Je continue de le suivre à l'école de dessin. Les élèves n'ont pas perdu l'habitude de grignoter. Le professeur, Monsieur Gravassac, semble lui aussi atteint de ce mal. Il grignote en silence et s'occupe de moins en moins de ses élèves. Dès que tout le monde arrive, cinq minutes après, devant leur feuille de dessin, ils grignotent tous. Le professeur ne parle plus autant. Cela rend la classe moins intéressante peut-être, mais pour moi, c'est le pied. Je me régale tant que je peux. Surtout qu'à la maison, la mère d'Hugo continue de préparer ses fameuses pâtes avec de la sauce tomate. Dorénavant, je viens avec Hector avant les repas pour manger avec lui les miettes de fromage qui tombent lorsque la maman prépare le repas. Il a été surpris de me voir me joindre à lui la première fois ; puis furieux ; puis très furieux ensuite. Mais je ne me suis pas laissé faire. Je lui ai balancé, à sa manière :

— Mêle toi de tes oignons !

Mais je peste contre lui. Je lui dis :

— C'est dégoûtant de faire ses besoins dans l'assiette des gens !

— Je sais !, il me répond en ricanant sournoisement.

A ce propos, je suis impuissant contre lui. Il continue impunément de faire ses besoins dans l'assiette de la famille.

La vie continue ainsi. Mais un jour, comme je l'avais prédit d'ailleurs, j'ai failli mourir. Tout ça, à cause d'Ed. Je vous raconte. Un jour, Hugo rentre du lycée furieux. Il vient dans sa chambre, allume la lumière brusquement, soulève ses vêtements et les examine à la lumière. Puis il peste haut et fort :

— Ils sont tous pourris ! Maman !

Il s'élance ensuite hors de sa chambre. Sa sœur Lola, surprise, arrête de chanter et se précipite vers lui, les yeux grands ouverts. Son père en fait de même en sortant de son bureau. Mais Hugo les ignore. Il fonce dans la cour, droit sur la porte de l'atelier de yoga de sa mère. Je réussis à le suivre, même si je vous avoue que malgré ma grande vitesse de course, j'ai peiné. C'est dire à quel point Hugo allait vite. Il arrive à la porte de l'atelier de sa mère et l'ouvre violemment. Je me hisse sur le banc et vois la mère d'Hugo avec ses clientes en position du "chien tête en bas". Pour vous aider à mieux visualiser la position, elles ont toutes la tête au sol et le cul en l'air. Hugo se précipite sur sa mère. Tout le monde est déconcentré. Les clientes tombent toutes au sol puis elles se relèvent. La mère est confuse. Elle se relève et dit à ses clientes :

— Excusez moi, mesdames. J'ai une urgence ! Cinq minutes de pause.

Elle ramène Hugo sur le pas de la porte et l'interroge vivement :

— Qu'est-ce que tu as ? Fais vite ! Mes clientes vont encore se mettre à grignoter dans ma salle de yoga et je vais devoir nettoyer encore derrière elles. C'est pesant cette façon de grignoter. Si seulement elles pouvaient acheter mes bijoux au lieu de dépenser leur argent dans des friandises.....

— Stop maman ! Je viens te montrer ça ! , s'exclame Hugo en exhibant ses vêtements troués.

— Oh ! C'est l'œuvre des mites ! Elles mangent les vêtements !

— Mais maman ! Tous mes vêtements sont comme ça ! Troués ! Même mes slips et mes caleçons ! Mes chaussettes !

— Comment faire ?, demande sa mère. Il faut t'acheter des vêtements. Mais il n'y a pas d'argent. Avec ton père qui ne veut plus partir travailler chez son patron, on a que mon argent de mon atelier de yoga. Je dois payer les crédits et les repas. Ça coûte cher !!!!

Hugo hausse les épaules. Il dit :

— Papa n'a qu'à retourner travailler à Cap Informatique.

— C'est pas si simple. Il fait un burn-out.

— Un burn-out ?, répète Hugo.

— Oui, je te l'ai déjà expliqué, souffle sa mère à son tour énervée. Il broie du noir. Il refuse de retourner au travail. Il rêve de monter une entreprise. Pfft !

Hugo lève les yeux au ciel, l'air de désapprouver complètement ce que raconte sa mère.

— Bon, s'exclame sa mère après un moment de silence. Je vais m'en occuper. Mais je te préviens : dès demain, il faut nettoyer ta chambre.

— Surtout acheter des vêtements, maman.

— Oui, ça aussi je m'en occupe. Maintenant, laisse moi. Les clientes sont déjà en train de manger dans mon atelier. Quelle époque ! Manger ! Manger !, dit sa mère en fermant la porte de son atelier de yoga sur le nez d'Hugo.

Je reste un moment dans l'atelier de yoga. La mauvaise humeur d'Hugo ne me donne pas envie de le suivre. Je veux bien être son ami, mais pas subir sa mauvaise humeur. Il y a des limites tout de même. En plus, je retrouve Curl et Ima, les cafards qui vivent dans l'atelier de yoga. Grâce à la séance de grignotage des clientes du cours de yoga, je vois qu'ils ont un grenier plein de nourriture. De plus, Ima est plus ronde que d'habitude. Je demande :

— Tu ne nous cacherais pas quelque chose Ima ?

Les yeux plein d'étoiles, elle regarde son amoureux, Curl, et me déclare :

— Curl et moi, nous attendons des bébés.

— Félicitations. Mais je dois vous mettre en garde : la mère d'Hugo a décidé de nettoyer partout. Même la chambre d'Hugo. Un jour, son atelier.

Je les quitte. Amoureux plus que jamais, Curl embrasse Ima. Je me pose sur le banc devant l'atelier de yoga.

— Quelle belle image, je soupire en pensant au baiser du couple d'amoureux.

Puis je pense à Hugo et à Ed. Et je me dis :

— Entre un qui ne me voit pas alors que je veux être son ami (Hugo), et un autre qui me voit et qui me déteste (Ed), je suis servi ! L'épée de Damoclès pèse sur moi et sur Ed. C'est à cause de lui, si on est découvert. Pour l'instant, la mère et Hugo ne soupçonnent que des mites. Mais moi je sais que tout ça, c'est Ed ; il a mangé les vêtements d'Hugo. Voilà où on en est.

Une recette de cuisine dégueu

Je suis encore sur le banc devant l'atelier de yoga de la mère d'Hugo. Les clientes sortent. C'est la fin du cours. Dès le départ de la dernière cliente, la mère d'Hugo a attrapé son téléphone portable. Grâce à la fenêtre restée ouverte, je l'entends parler au téléphone. Elle dit avec un air mielleux :

— Allô, Madame Tohubohu ? … Vous allez bien ? … Ah !… J'ai un emploi du temps chargé mais pour vous, comme vous êtes une de mes meilleures clientes, je peux venir chez vous ! … Ah ! …Quand ? … Ah ! Mais tout de suite Madame Tohubohu. Tout de suite ! … J'adore rendre service surtout à une bonne cliente…Par contre, avant que j'oublie, la séance doit être payée le jour même et en liquide … Pardon ? … Je m'excuse, mais c'est mon comptable qui me le demande. … Super ! Alors quatre vingt euros la séance, le prix d'un excellent service. Croyez-moi, vous ne serez pas déçue ! … J'arrive Madame Tohubohu. J'arrive. A tout de suite.

Elle soupire et part à la cuisine en coup de vent où tout le monde attend le souper. Je cours derrière elle sans être vu. Elle déclare aux autres dès son arrivée :

— Désolée, je ne peux pas cuisiner ce soir. Je pars chez Madame Tohubohu donner une leçon de yoga.

Puis elle se tourne vers Hugo et lui fait un clin d'œil sans doute pour lui indiquer qu'elle a trouvé un moyen d'avoir rapidement de l'argent et lui acheter de nouveaux vêtements. Enfin, je pense que c'est ça. Mais Hugo ne comprend pas la signification de ce clin d'œil. Il regarde sa mère l'air hébété puis hausse les épaules. Sa mère fait la moue et attrape son sac et les clés de sa voiture en marmonnant :

— Qu'il est stupide celui-là alors ! Je lui fait un clin d'œil pour lui dire que j'ai trouvé de l'argent rapidement pour lui acheter des vêtements à cet imbécile, et il ne réagit même pas !

Son père sort de sa rêverie et demande stupéfait :

— Mais qui cuisine alors ?

— Toi, mon chéri !, répond joyeusement la mère. Demande de l'aide aux enfants. Des pâtes et sauce tomate ! Tu sais faire bouillir de l'eau, plonger les pâtes dedans et mélanger avec de la sauce tomate. Ah ! Au préalable, n'oublie pas de faire chauffer la sauce tomate. C'est mieux. Voilà, tu sais cuisiner. Je file.

On la regarde tous partir. Elle saute comme une puce habillée de vêtements fluorescents et disparaît de la pièce. Plus tard, on entend le moteur de sa voiture vrombir. Elle est partie. Hugo, son père et Lola sont tous hébétés. C'est Lola qui sort de son état de surprise la première. Elle dit à son père :

— Je pars dans ma chambre chanter. Appelle-moi quand c'est prêt papa.

Son père se retourne alors rapidement vers son fils, avec des yeux hagards. Celui-ci dresse ses deux mains devant lui comme s'il voulait stopper quelqu'un ou quelque chose qui s'appuie contre lui, et part hors de la cuisine à reculons en disant à son père :

— Désolé, je ne sais pas cuisiner. Ne compte pas sur moi. Appelle-moi quand c'est prêt.

Je reste dans la cuisine avec le père d'Hugo, attendant fébrilement l'arrivée d'une miette. Mais rien ne vient. J'entends le père se mettre peu à peu en colère en préparant le repas. Curieusement, je n'ai pas vu Hector venir dans la cuisine pour s'empiffrer de miettes de fromage comme il a l'habitude de le faire ou déposer son petit cadeau dans l'assiette toute prête. D'ailleurs, il a bien fait. Car contrairement à la mère d'Hugo, le père d'Hugo prépare les pâtes en cinq minutes et sans fromage au sol, en tout cas cette fois-là. Avec la mère, c'est beaucoup plus long, sans oublier le fromage qu'elle jette partout et qui vole dans l'air comme un nuage succulent, saveur fromage. Hummmmmm ! Là, je m'égare. Donc, je disais qu'avec le père la recette est différente. En cinq minutes, il fait bouillir l'eau, ou chauffer, jette négligemment les pâtes dans l'eau, certaines restent à l'extérieur de la marmite. En bougonnant des vilaines paroles très grossières (je ne veux pas les répéter), il ouvre une boîte de sauce tomate et jette le contenu directement sans prendre la peine de le réchauffer dans la casserole pleine de pâtes (une fois essorée heureusement). Je remarque à mon grand désespoir qu'il ne met pas de fromage dans sa recette. Quel dommage. Une fois que le tout est mélangé grossièrement dans la casserole, il se frotte et se tape les mains et gueule (le mot est bien trouvé car le son de sa voix m'a cassé les antennes – moins affreux que le son de la voix de sa fille Lola, mais on n'est pas loin tout de même) :

— A la bouffe les enfants. Dépêchez-vous !

Les enfants accourent et voient le désastre : des pâtes pas cuites baignant dans une sauce tomate froide à l'aspect peu ragoutant.

— Beurk, s'écrie Hugo en crachant la première bouchée qu'il tentait d'avaler. C'est encore plus dégueulasse que lorsque c'est maman qui cuisine.

— C'est pas bon !, gémit Lola.

J'ai pris place sur le buffet à côté de la table de la salle à manger. Je peux les voir tous les trois sans être vu – ai-je besoin de le préciser. Je vois le père. Visiblement, il préfère ignorer les remarques de ses enfants et mange silencieusement. Lola mange quelques bouchées puis fait la mine d'être affreusement dégoûtée. Je la regarde. Elle est sur le point de s'étouffer – sans doute un morceau d'une pâte restée hors de l'eau et donc pas cuite.

— Ah, je m'écris (en silence même si personne à part moi ne m'entend, il faut être prudent), voilà une pâte pas cuite qui ne passe pas dans la gorge de Lola. Enfin, avec ça, au moins, elle arrêtera de chanter et de me casser les antennes. Finalement, c'est pas une mauvaise idée, ça. Je devrais demander au père de recommencer. Ça me donne sacrément des idées. Peut-être même être son ami et lui en parler. Vu que mon projet d'amitié avec Hugo n'avance pas, il ne m'en voudra pas si je deviens l'ami de son père au lieu d'être le sien.

Mais le son de la voix d'Hugo parvient à mes antennes et me sort de ma profonde réflexion. Il dit en repoussant violemment son assiette :

— Plutôt crever de faim que de manger ça !

Le père d'Hugo continue d'ignorer ses enfants. Lola se lève et s'en va. Hugo l'imite. Finalement, le père d'Hugo lève la tête et constate qu'il est seul. Il crache sa nourriture et met le repas à la poubelle et s'en va jeter la poubelle à l'extérieur de la maison, consigne de la mère d'Hugo. Car chaque soir, elle exige que la poubelle soit sortie de la maison. Le père revient en traînant des pieds et pousse des soupirs. Il met tous les couverts dans le lave-vaisselle, ferme la porte avec le pied, éteint la lumière et part dans son bureau. Je le suis. Depuis le couloir, j'entends du bruit qui provient de son bureau. J'arrive et je vois le père d'Hugo debout devant un ordinateur avec des outils à la main. Puis il s'arrête, souffle d'exaspération et se jette sur son fauteuil. Je m'installe sous la chaise de son bureau. Soudain, la magie opère. Je reçois une pluie de miettes de chips qui tombent sur ma carapace. J'entends le bruit qu'elles font lorsque le père les mâche goulûment avec sa bouche grande ouverte. J'en mange tant que je peux à me faire péter l'estomac. Faut dire que depuis que je suis obligé de suivre leur régime de pâtes à la sauce tomate, je n'ai pas grand-chose à manger à part du papier et quelques miettes de fromage volées à la va-vite avant que la mère d'Hugo vienne passer l'aspirateur.

Lorsque le père d'Hugo a fini de manger, au sol, il n'y a plus aucune miette grâce à moi. Rien que pour ça, il pourrait me remercier pour lui rendre ce service ; inutile de passer l'aspirateur pour nettoyer le sol. Je me suis nourri pleinement de ce fabuleux repas. C'est le corps lourd et pesant que je suis parti rejoindre Hugo dans sa chambre.

Alerte ! Nettoyage de la chambre d'Hugo !

Les choses vont mal pour moi. En effet, à cause des trous dans les vêtements d'Hugo, sa mère pense qu'il y a des mites dans la chambre d'Hugo. Elle décide d'y faire le ménage. Pour moi, c'est un désastre. Et si elle me découvre, que m'arriverait-il ? Pareil, pour Ed, il court lui aussi un grand danger. Mais vu qu'il me déteste et que je le déteste, ça me rend plutôt service. Un jour, alors que je dors dans mon trou, j'entends la porte de la chambre d'Hugo s'ouvrir à grande volée. Tout de suite, une voix autoritaire, presque militaire, déclame :

— Hugo, il faut nettoyer ta chambre !

Ces paroles sonnent comme un glas sur mon sort et glissent de manière abrupte sur ma carapace. Je sais que si elle me découvre et qu'elle m'aperçoit, avec elle, c'est garanti : elle me tuera.

Je regarde la porte et je vois la mère d'Hugo. Mais je ne la reconnais pas de suite à cause de ses vêtements qui sont différents. Aujourd'hui, elle porte une robe noire couverte devant d'un horrible tablier, couleur vert caca d'oie avec des dessins de fleurs très moches. Je me félicite de cette tenue car elle a le mérite de ne pas me faire mal aux yeux. La mère est armée d'un seau plein de chiffons et de flacons bourrés de produits qui sentent pas bon ; je les vois régulièrement lorsque je me rends chez

Hector dans la buanderie. Je prends peur immédiatement.

— Nous sommes obligés de faire ça maintenant, maman ?, demande Hugo assis à terre son cahier de croquis à la main. Je veux dire, tu ne peux pas le faire toute seule ?

Hugo, visiblement pas décidé à faire le ménage dans sa chambre, essaye de négocier encore. Il poursuit :

— On peut peut-être faire le ménage un autre jour, je suis occupé maintenant.

— Non, mon chéri, répond sèchement sa mère. Tu vas m'aider à faire le ménage dans ta chambre ! Ta chambre c'est ta chambre ! Ou alors, tu vas le faire toi, et tout seul !

— Bon, bon, j'ai compris !, dit nerveusement Hugo. Qu'est-ce qu'on fait ?, bougonne-t-il.

— Vider les placards, jeter tous les vêtements troués, tout ce qui ne sert à rien, faire le tri. Nettoyer les placards, nettoyer les vitres, nettoyer les meubles, vider les poubelles, changer les rideaux, nettoyer ton bureau, passer l'aspirateur, passer la serpillière, laver les draps, faire ton lit. Il faut aussi tailler l'arbre devant ta fenêtre. Il a poussé allègrement devant tes volets, à cause de toi car tu n'ouvres jamais tes volets. J'ai oublié : il faut ouvrir les volets de ta chambre toute cette journée et les fenêtres. Rien que pour l'odeur ! Tu as compris ?

– Heu …, dit Hugo la bouche grande ouverte tout comme ses yeux.

Il se gratte la tête et dit :

— Attends ! J'ai compris « vider les placards ». Mais la suite, j'ai tout oublié ! On est vraiment obligé de faire tout ça. Un coup de balai et hop, c'est fini.

— Hugo !!!!, hurle sa mère à gorge déployée. Ne m'énerve pas. J'ai toute la maison à nettoyer et je donne des leçons de yoga spéciales aujourd'hui « Restons zen ». Alors ce n'est pas le moment. Au trot et plus vite que ça. Ouvre tes rideaux et tes volets. On n'y voit rien ici. C'est un vrai repaire de cafards. Pas étonnant qu'il y a des mites. Dépêche-toi.

— Des cafards, elle a dit « cafard » ?, je me demande. Quoi, elle parle de moi ? Comment sait-elle que j'existe ? M'a-t-elle déjà rencontré ?

Les questions se bousculent dans ma tête. Mais je n'ai pas le temps de réfléchir maintenant. Dès que la mère d'Hugo commence à changer les draps du lit, je bondis hors de ma cachette.

— Ed, je crie. Ed, il faut fuir. Tout de suite.

Ed, visiblement pas au courant du drame que nous sommes en train de vivre, sort de son trou. Il me dit, toujours de son air grincheux :

— J'espère que tu ne m'as pas réveillé pour rien !

— Pas le temps ! On va tous mourir !, je crie à Ed. Vite, courons chez Hector.

A peine ma phrase terminée, je vois s'abattre sur moi un chiffon. Il me manque de justesse. Ma cachette et celle de Ed sont balayées à coup de chiffon. La mère d'Hugo sort violemment les draps du lit en pestant à chaque fois contre son fils :

— Depuis quand tu n'as pas fait le ménage dans ta chambre ?

Hugo fait semblant de ne pas l'entendre. Il fourre dans la poubelle tous les papiers qui traînent au sol sans s'apercevoir qu'elle est déjà pleine à craquer. Il prend un autre sac poubelle et le remplit aussi vite que la poubelle. Il peste à son tour :

— Ça finira donc jamais !!!

Sa mère se met de plus en plus en colère. Elle continue de pester elle aussi en proclamant :

— C'est un vrai capharnaüm ta chambre Hugo !

Hugo s'affaire encore plus, empressé par sa mère. Dans des grands sacs poubelles, il jette les vêtements troués. Ed et moi, nous nous sommes réfugiés dans un coin du mur, un endroit où personne ne peut nous voir. Mais le spectacle pour nous est insupportable. Pire, quelqu'un peut surgir de nulle part et nous voir. Là, le coup de savate est garanti. On préfère fuir chez Hector.

— Merci vieux, me dit Ed. Sans toi, je serais certainement déjà éclaté d'un coup de chiffon.

Je saisis l'occasion pour faire d'Ed mon ami, du moins «un» ami. Car j'avoue que l'idée de côtoyer un autre cafard jour et nuit et être son pire ennemi, ou être seulement être détesté par lui, n'est pas une idée que j'aime. Mais je n'oublie pas, le seul vrai ami pour moi, reste Hugo. Je dis alors à Ed :

— Nous sommes amis alors maintenant ?!

— Faut pas rêver ! Je pars chez Hector. Après je reviens dès qu'ils ont terminé, ces deux abrutis. J'ai ma cachette. Compris ?, dit-il menaçant.

Je ne veux pas répondre. Je préfère me taire. Je pense, très furieux contre moi :

— Mais, bon dieu, qu'est-ce qui m'a pris de dire ça à cet individu. Lui adresser la parole alors qu'il me manque de reconnaissance. J'aurais dû le laisser crever .... Je n'ai pas de mot pour dire à quel point je le hais.

Je vous le dis, il y a parfois des gestes que l'on regrette.

Question business

Le lendemain, je me retrouve dans la salle de yoga avec Hugo. Il est parti rejoindre sa mère et désire lui parler. Je le sais car il a toujours la même attitude lorsqu'il veut demander quelque chose à sa mère. Il lui tourne autour un peu comme un vautour qui encercle sa proie avant de lui sauter dessus. Il fait toujours semblant de lire un livre au fond de la salle puis il se rapproche petit à petit vers sa mère. Comme je sais qu'il finira par la rejoindre, je fais court, je choisis un trou dans le mur, en haut du bureau de la mère. Celle-ci est assise comme à son habitude en tenue de yoga, couleurs fluorescentes qui grillent les yeux, devant son ordinateur. Elle regarde Viccky, la youtubeuse professeur de yoga américaine. Sur un présentoir, face à la salle de yoga, sont posés une série de bijoux. Juste à côté, trois mannequins portent les vêtements de yoga aux couleurs horribles que la mère porte. Je vois Hugo se lever et s'approcher de sa mère.

— Bon, enfin, il était temps, je soupire. Je commence à avoir des crampes.

Hugo se penche au-dessus de sa mère et lui dit d'un ton mielleux :

— Tu regardes les vidéos de Viccky !

Sa mère sursaute et le regarde l'air hirsute.

— Mais tu es là depuis quand ?, dit nerveusement sa mère. Tu m'espionnes ma parole !

— Mais non !, répond Hugo l'air gêné. Je regardais ta collection de bijoux.

— Ah ça ! , dit-elle en montrant les bijoux triomphalement. C'est notre fortune. Ce sont d'authentiques bijoux indiens que j'ai rapportés d'Inde, tu t'en souviens, mon stage de yoga en Inde. Oui, je regarde encore Viccky. Elle est riche. C'est pas comme moi, lance-t-elle dans un profond soupir.

Hugo ouvre de grands yeux et imagine que sa mère va se lancer dans ses éternels discours du genre : Viccky a réussi grâce à son travail ; elle est partie de rien et maintenant elle est riche ; il faut se relever face à l'échec ; etc. C'est pourquoi il préfère mettre un terme de suite à la conversation.

— Merci pour les vêtements que tu as achetés, maman. Par contre, j'étais venu te dire que je changeais de sport. Je ne fais plus le tennis. Voilà !

— Mais mon chéri, tu viens à peine de commencer !, s'insurge sa mère. C'est aberrant à la fin !!! Tu dois te montrer plus persévérant que ça, sinon .....

— Sinon ?!, termine Hugo en criant sur sa mère.

Sa mère ouvre de grands yeux tant elle est surprise du comportement de son fils. Hugo se calme soudain et dit à sa mère :

— Désolé maman. Mais au tennis, je n'y arrive pas. La balle va trop vite. Je n'arrive pas à l'attraper. Le tennis, c'est pas pour moi. Un garçon au lycée m'a dit que je ferais mieux de faire de la natation.

— Ah oui ?, dit la mère. Et toi qu'est-ce que tu en penses, toi ? Qu'est-ce qui t'attire dans ce sport ?

Au lieu de répondre à sa mère, Hugo regarde ses pieds et les fait tourner sur eux-mêmes.

— Je m'y suis inscrit, dit-il tout de blanc. En natation. C'était juste pour t'avertir.

Ensuite, il s'enfuit de l'atelier, la tête basse, sous le regard interrogateur de sa mère. Celle-ci hausse les épaules et regarde à nouveau la vidéo de Viccky. Elle soupire :

— Ah, si seulement je pouvais être aussi riche qu'elle. Je ferai du yoga rien que pour le plaisir, pas pour gagner ma vie. Elle peut se le permettre contrairement à moi.

Je regarde l'écran et je vois la fameuse Viccky se tordre dans tous les sens sur un tapis, avec un sourire blanc éclatant qui semble déchirer sa bouche. Je pouffe d'ennui. Je préfère quitter la mère d'Hugo. J'ai faim. Je me rends directement à l'endroit où je suis sûr à cent pour cent de trouver de la nourriture : dans le bureau du père d'Hugo. Je me faufile le long des murs et j'arrive à l'endroit indiqué. Je suis surpris de voir Hugo dans le bureau de son père. Tous les deux sont en pleine discussion. Le père montre à Hugo triomphalement une montagne d'ordinateurs en mauvais état et en morceaux étalés sur son bureau, d'autres sur une grande table. Je vois des fils électriques de toutes les couleurs, des appareils pareils à des téléphones anciens, de gros cubes branchés à des ordinateurs avec des écrans énormes. Je n'y comprends rien, pensez-vous, je suis toujours un cafard. Mais pour moi, c'est un nid idéal pour me cacher. Le père d'Hugo montre à Hugo un livre volumineux et lui dit d'un ton solennel :

— Regarde ça, c'est ma fortune ! J'ai acheté un livre pour m'aider à créer mon entreprise.

Hugo reste muet et contemple les appareils. Puis soudain, il dit à son père :

— Alors, tu as calculé le retour sur investissement, calculé ton chiffre d'affaire, calculé ta rémunération, les prix de tes prestations, et ....

Il veut poursuivre mais son père l'interrompt brusquement en hurlant :

— Oh, stop ! Tu es comme ta mère, tu ne penses qu'à l'argent. L'argent ! L'argent ! Mais tu peux très bien rendre service aussi, tu sais. Quoi ? Tu ne penses pas ? Je veux dire rendre un service à quelqu'un sans attendre en retour une paie ou de l'argent !

— Ne te fâche pas papa, mais elle a raison maman. Je pense que tout travail mérite son salaire. Je te rappelle aussi qu'on ne vit pas dans le luxe. On a besoin de cet argent.

Je suis dans mon coin et aucun d'eux ne me voit. Par contre, je suis impressionné par Hugo. J'ignorais qu'il pouvait parler autant avec un discours pareil. Vraiment je suis bluffé. Ils continuent leur discussion. Je n'en perds pas une miette. Le père s'énerve et poursuit :

— Toi et toutes tes notions d'économie, ... Je préfère monter une petite boîte sympa.

— C'est toi qui vois papa. Je disais ça juste pour t'aider.

— Tu vois cet ordinateur, dit le père d'Hugo. Il appartient à une petite vieille dame qui habite près du supermarché. Elle est gentille. Elle a son ordinateur qui est aussi vieux qu'elle. Regarde !

— Ah, oui, dit Hugo en regardant l'ordinateur. Il a encore une unité centrale. C'est bon à jeter. Elle ferait mieux de s'acheter un ordinateur portable. Il y en a de pas cher.

Mécontent, son père l'interrompt à nouveau sèchement et crache :

— Et puis quoi encore, tu veux tuer mon business. Non, elle veut le faire réparer. Donc je le fais.

— D'accord, et tu demandes combien d'argent pour cette prestation ? Tu as calculé le nombre d'heures de travail ? Tu .....

— Et ça recommence, tu remets ça avec l'argent, pouffe le père. Laisse moi maintenant, il faut que je termine.

— Tu le fais gratuitement ?, demande Hugo.

— Oui, répond le père agacé. Grâce à cette cliente, je peux monter un réseau de clientèle. Hein ?! Ça tu ne connais pas toi, le "réseau" ou encore le « bouche à oreille ».

— Hmmm, soupire Hugo. Tu parles du « bouche à oreille » qui racontera que tu travailles gratuitement. C'est ça ?

Le père d'Hugo lève les yeux l'air exaspéré et dit :

— Bah, ils finiront bien par payer d'eux-mêmes. Naturellement.

— Tu crois ça, papa, dit Hugo. Moi, je crois plutôt qu'ils t'en voudront à mort lorsque tu oseras un jour leur demander de l'argent en échange de ton travail. Pourquoi tu ne fais pas plutôt comme maman. Elle fait payer à Madame Tohubohu et les autres clientes chacune des séances de yoga. Tu sais, hein ! 80 euros de l'heure elle m'a dit maman. Qu'est-ce que tu en penses. Là, pour ta petite vieille, tu peux faire au moins 10 euros de l'heure !

Le père d'Hugo lève les yeux au ciel. Il soupire et supplie son fils :

— Ne me parle pas du business de ta mère. Son business c'est son business. Moi je fais le mien, et comme je veux. Maintenant, laisse-moi. J'ai du boulot.

— Quoi ?, dit Hugo. Tu as un boulot ? Tu retournes travailler à Cap Informatique ?

— Non ! Vous êtes sourd dans cette maison. J'ai dit et je le redis, je ne retournerai pas dans cette boîte. Je crée ma propre entreprise.

Cette discussion m'ennuie au plus haut point et j'ai terriblement faim. Je vois la poignée du tiroir du bureau du père d'Hugo. J'éprouve une subite envie de me faufiler dedans et de retrouver un bon gros paquet de chips salés, goût fromage, - j'en salive déjà -, bien grand ouvert. Je monte donc le long du pied du bureau du père d'Hugo et j'atteins le haut du tiroir.

— Plus qu'un petit effort pour me glisser dedans et atteindre le nirvana de ma gourmandise, je me dis.

Le tiroir est entrouvert et je vois déjà luire dans la quasi-obscurité le paquet de chips et quelques chips dorées et odorantes. Mes antennes sont en alerte et bougent dans tous les sens. Mais lorsque je m'apprête à plonger tête la première dans le tiroir, j'entends Hugo crier derrière moi :

— Là ! Un cafard !

Sans perdre un instant, alerté par le cri d'Hugo, je vole dans le tiroir. Hein, vous êtes impressionnés, n'est-ce pas ! Vous n'ignorez sans doute pas que les cafards ont la capacité de voler. Nos ailes ne sont pas bien grandes et ne nous permettent pas de voler à proprement parler. Par contre, elles sont très utiles comme dans le cas présent : se barrer au plus vite au fond du tiroir pour ne pas être vu. C'est ce que j'ai fait. Dès que j'ai entendu le cri d'Hugo, j'ai ouvert les ailes et j'ai fait un vol plané dans le fond du tiroir.

— Là, je te dis, papa. J'ai vu un cafard. Il est entré dans ton tiroir.

Je trouve une cachette au fond du tiroir dans un récipient opaque avec des épluchures de mines de crayons à papier. Hugo en utilise pour tailler ses crayons à papier lorsqu'il dessine. Hugo bouscule tous les objets qui se trouvent dans le tiroir de son père et les sort un à un. Je suis caché à l'intérieur de l'objet mais il ne me voit pas. Son père intervient.

— Tu as la berlue, ma parole !, crie son père. Qu'est-ce qu'un cafard ferait chez moi dans mon bureau. Il vivrait plutôt dans ta chambre, ce vrai capharnaüm.

— Parle pour toi, renchérit Hugo. Avec tout le bordel qui traîne dans ton bureau et sur l'autre grande table, c'est un vrai repaire de cafards. Sans parler des bonbons et des paquets de chips que je vois là, dit Hugo en désignant les paquets de chips éventrés qu'il a sortis du tiroir.

— Il n'y a pas de cafard, s'énerve le père d'Hugo. Maintenant, je dois travailler pour monter mon business. Laisse-moi.

Puis je sens l'objet dans lequel je me trouve bouger. Je comprends que le père est en train de remettre tous les objets et paquets de chips dans son tiroir.

Hugo n'en démord pas. Il dit à son père:

— Comme tu veux. Mais je suis sûr d'avoir vu une petite bête marron et rapide qui a volé à l'intérieur de ton tiroir.

Son père grogne et recommence à travailler sur le vieil ordinateur de la vieille dame du supermarché. Son tiroir est entrouvert. Je peux le voir depuis l'endroit où je me trouve. Mais, suspectant la présence d'Hugo, je préfère rester encore un peu dans le récipient qui m'a si bien protégé d'un mauvais sort. Car, oui, je le pense. Si Hugo m'avait trouvé, vu l'acharnement qu'il a mis pour me trouver, je pense qu'il m'aurait abattu d'un coup de savate. Avoir cette pensée me fait vriller les antennes. Un peu comme si j'entendais le son de la voix de Lola sa petite sœur. Hugo est parti. Son père jette alors les tournevis qu'il avait à la main ainsi que les morceaux de l'ordinateur qu'il montrait à l'instant à son fils. Il se jette sur son fauteuil qui craque sous son poids et enfonce sa main dans son tiroir. Il en sort une gigantesque poignée de chips qu'il enfourne dans sa bouche grande ouverte. A mon tour, pour me remettre de mes émotions, je dévore les chips dans le tiroir.

Un fâcheux incident

Depuis le dernier nettoyage de sa chambre, Hugo a vite repris ses habitudes : il renifle toujours aussi fort ses vêtements avant de les porter ; il laisse traîner tous les objets à terre (livres, paquets de bonbons ou de chips vidés, canettes de boisson à moitié pleine ou vide – c'est selon votre point de vue, je ne veux fâcher personne – des feuilles de papier avec des dessins plus ou moins inachevés). La vie se déroule doucement et je suis heureux de retrouver mon univers. Rien que pour ça, j'ai encore envie d'être l'ami d'Hugo. Cependant, l'obstacle est encore là : pour être ami, il faut commencer par se voir. Je ne connais personne qui peut être l'ami de quelqu'un sans une première rencontre physique. Je vous vois arriver avec vos gros sabots. Vous hurlez :

— Avec Internet, on peut être l'ami d'une personne influente sans jamais rencontrer cette personne en chair et en os.

Vous pouvez même me donner l'exemple de la mère d'Hugo. Elle se considère sans doute comme la copine de Viccky l'américaine, tout ça parce qu'elle l'admire et qu'elle regarde toutes les vidéos de Viccky sur Internet. Mais la Viccky en question ne connaît même pas l'existence de la mère d'Hugo. Moi, je n'appelle pas ça de l'amitié. Je reste sur mon principe : pour être ami, il faut connaître la personne – ou la chose – en chair et en os et échanger avec elle. En l'occurrence, Hugo ne m'a toujours pas vu. Conclusion : nous ne sommes toujours pas amis. C'est un triste constat que je dresse là. Mais c'est la vérité. Toutefois, je ne perds pas espoir. Et je continue de poursuivre mon rêve. J'espère que la prochaine fois qu'il m'apercevra, il ne montrera pas la volonté de me tuer d'un coup de savate. Il aura une voix douce – pas le cri d'alerte que j'ai entendu la fois où il m'a surpris dans le tiroir de son père car là, j'ai eu le mauvais pressentiment de finir en purée écrasé d'un coup de savate ; il aura des gestes doux – pas les gestes hystériques de la derrière fois, pareils aux mouvements d'une tornade qui jette tout sur son passage, je vous jure, là encore j'ai eu peur pour ma vie. C'est que j'y tiens, moi, à ma vie.

Toutefois, grâce à la chambre d'Hugo et les volets qu'il laisse à nouveau fermés de jour comme de nuit, j'ai retrouvé ma vie pépère. La seule ombre au tableau est ce satané Ed. Je vous jure, s'il reçoit un coup de savate un jour, je ne serai pas malheureux.

Mais un fâcheux incident produit lors d'un cours de yoga a failli coûter la vie à Curl et Ima, mais également à nous autres les cafards dans la maison... Ed, ce serait trop beau. Je vous raconte tout ça. Voilà déjà trois bonnes semaines qui se sont écoulées. Hugo est dans sa chambre et il réfléchit. Il est plutôt torturé car il veut annoncer à ses parents qu'il veut abandonner la natation, sport qu'il a commencé à pratiquer il y a à peine trois semaines. Après avoir voulu faire de la musculation, puis commencé le football, puis le tennis, il veut maintenant abandonner la natation. Je me demande bien quelle explication il donnera à sa mère cette fois-ci. Mais visiblement, il est à court d'arguments. Il est assis au pied de son lit et, heureusement pour moi, ainsi que pour Ed (mais ça Ed s'en fout), il ne voit pas les crottes d'Ed sur son oreiller. Il a laissé ses volets fermés et la chambre est plongée dans une quasi-obscurité. Seule la lumière de sa lampe de chevet éclaire faiblement le cahier de croquis qu'il tient à la main.

Il dessine et lève la tête sans arrêt et proclame :

— Je sais ce que je vais dire ! Je vais leur dire : j'arrête la natation !!!!

Je suis dans ma cachette et je le regarde. S'il pouvait m'entendre je lui répondrais :

— Tu parles d'une réflexion !

Soudain, la porte s'ouvre. Depuis le pas de la porte, la mère d'Hugo crie :

— Hugo, tu n'ouvres toujours pas tes volets en plein jour ?! Ça ne sert à rien de faire le ménage comme on l'a fait si tu continues à fermer tes volets. Et ta chambre, elle est toujours désordonnée. J'en ai marre Hugo ! Marre ! Si tu as tes vêtements troués à nouveau, ne compte pas sur moi pour t'en acheter d'autres ! Il n'y a pas d'argent.

Violemment, la mère d'Hugo referme la porte de la chambre d'Hugo et s'en va. Hugo ne bouge pas. Il est resté figé. L'arrivée de sa mère a fait l'effet d'une hallucination pour lui apparemment. Comme pour moi d'ailleurs. Il regarde autour de lui et voit toutes ses affaires, ainsi que ses vêtements à terre. Il hausse les épaules et continue de dessiner. Il lève encore la tête et s'apprête à dire quelque chose. Je reste suspendu à ses lèvres. D'un air inspiré, il regarde le plafond et il commence à dire :

— Heu .... Je vais dire j'arrête la natation et ...

Il continue de réfléchir. Il pense avoir une idée. Son œil s'illumine. Je me redresse et je le regarde, bouillant de joie pour lui. Puis finalement il conclut en disant :

— .... Non, ça c'est nul.

Il balance la tête de droite à gauche et recommence à dessiner. Depuis la chambre, Hugo et moi entendons la mère parler au père d'Hugo. Elle parle haut et fort. Elle dit :

— Aujourd'hui, je te demande de faire le ménage après le repas. La dernière fois que tu as passé l'aspirateur dans la cuisine, tu as oublié de le faire sous les meubles de la cuisine et sous les tables. J'ai trouvé des miettes partout.

Je suis dans ma cachette et je souris ; je suis au courant de cette histoire et je profite bien de la situation. Effectivement, le père ne sait pas passer l'aspirateur – ou il ne veut pas (je penche pour cette seconde hypothèse). Du bout du pied, il n'hésite pas à pousser sous les meubles les miettes et gros bouts de poussière qui finissent par s'accumuler et former de la laine de mouton. La mère d'Hugo poursuit :

— Je suis chargée de cours de yoga à l'atelier cet après-midi. Ensuite je pars immédiatement chez Madame Tohubohu. Après les microbes et les voleurs, maintenant elle refuse de sortir de chez elle à cause de la pollution. C'est nouveau ça.

— Grrr !, répond le père. C'est pas parce que je suis à la maison que je peux m'occuper des tâches ménagères, faire le ménage avec ce satané aspirateur et faire la cuisine. Je travaille moi.

— Moi aussi, rétorque la mère d'Hugo. Je m'en vais. Si on a besoin de moi, je suis dans mon atelier. Le premier cours commence dans une demi-heure. Lola, arrête de chanter ma puce. Tu devrais prendre des cours de chant, dit la mère d'Hugo en passant devant la chambre de Lola.

— Je n'ai pas besoin de cours de chant, braille Lola dans son micro.

Sa mère soupire assez fort pour que je l'entende et s'en va vers son atelier de yoga. Sans doute que cette discussion a donné du courage à Hugo. Il se lève subitement et court hors de la maison. Je le suis comme à mon habitude. Ed, que j'avais oublié pour mon plus grand soulagement, me crie :

— Tu le suis comme un toutou !

— Arrête de chier partout, abruti.

— Abruti toi-même.

Après cet échange cordial (c'est ironique, croyez-moi), je poursuis Hugo. Comme je vois son vélo dans la cour, j'en déduis qu'il est dans l'atelier de sa mère. J'y cours en longeant les murs. Je me hisse sur le banc devant la fenêtre de la salle de yoga. Mais je ne vois toujours pas Hugo. Je décide de rester sur le banc. Je regarde à l'intérieur et je vois des clientes. Elles sont arrivées avant le début du cours. Posées sur des tapis, elles grignotent goulûment des chips ou des gâteaux. Puis le cours commence.

— Tout le monde en place, on arrête le grignotage !, dit la mère à ses clientes. Vous pensez à acheter mes bijoux indiens ? Ce sont d'authentiques bijoux indiens !

Mais les clientes ne semblent pas intéressées par les bijoux. Elles font une moue de désapprobation et se lèvent lourdement pour poser leurs sacs devant la porte des toilettes. Mais une femme s'exclame :

— J'ai vu deux cafards dans un sac.

La mère se précipite alors vers le sac. Elle dit :

— Vous en êtes sûre ? C'est à qui ce sac ?, interroge la mère en désignant le sac incriminé.

Une femme s'avance et reconnaît son sac. La mère d'Hugo le saisit et le balance violemment dans les mains de l'infortunée cliente. La dame accusée de ramener des cafards dans la salle de yoga sort de la salle de sport l'air mécontente. Derrière elle, la mère d'Hugo crie :

— Pitié, ne rapportez pas de cafard dans la maison du Yoga et Indianités. Rentrez chez vous dératiser.

Hugo apparaît devant la porte du bâtiment situé juste à côté de l'atelier de yoga. J'ignorais qu'il se trouvait là. Il regarde la cliente de sa mère partir en serrant son sac dans ses mains, l'air mécontente, mais silencieuse. Il est surpris de la voir dans cet état car, contrairement à moi, il n'a rien suivi de l'histoire. J'aimerais bien lui expliquer, mais, comme toujours, je suis un cafard. Comme vous le savez, les cafards ne parlent pas aux hommes. Je regarde Hugo tristement. Puis tout d'un coup, je pense à Curl et Ima. Je me pose la question :

— La mère d'Hugo ne risque-t-elle pas de les tuer ?

Je me retourne vers la mère d'Hugo. Elle a repris le cours de yoga devant les autres clientes.

— Voyez comme vos friandises attirent les cafards, leur dit-elle sentencieusement. Dorénavant, il est interdit de les manger dans mon atelier. Par contre, vous pouvez toujours acheter des barres de céréales ici, continue-t-elle en montrant les barres de céréales posées sur une table devant son guichet qui sert à accueillir ses clientes. Vous voyez ?!

La mère d'Hugo désigne avec insistance des barres de céréales qu'elle a achetées pour vendre à la place des bijoux indiens. Ces sucreries trônent à leur place. J'ignorais qu'elle vendait maintenant des barres de céréales ; c'est nouveau. Les clientes, en pleine position du lotus, regardent les barres de céréales. En voyant l'étincelle qui brille dans leurs yeux, je devine que ces nouvelles friandises vendues par la mère d'Hugo seront vite dévorées. C'est pas comme les bijoux indiens.

— Comme quoi, elles sont folles de grignotage ces femmes-là, je pense.

Le cours se termine silencieusement. Hugo attend la fin du cours de yoga et se précipite sur sa mère dès qu'elle se retrouve seule. Il lui dit tout de go :

— Maman, j'arrête la natation.

Sa mère cligne des yeux tant elle est surprise. Puis elle se met à ranger les barres de céréales posées sur son guichet. Je m'aperçois à ma grande surprise que le stock est presque vide. La mère d'Hugo dit :

— J'ai vendu des barres de céréales aujourd'hui. Tu vois, je fais plus d'argent en vendant des barres de céréales à grignoter que des bijoux indiens rapportés d'Inde. Quelle vie !

Hugo regarde sa mère l'air de compatir.

— Maman, j'arrête la natation, répète-t-il. Un garçon au lycée m'a parlé du handball.

— J'ai entendu, dit la mère d'un air las, avant de partir au fond de la pièce. Tu me laisses, j'ai besoin de prendre du repos entre deux cours. J'ai un autre cours qui commence dans une demi-heure. Tu arrêtes la natation, j'ai compris mon chéri. Tu fais du handball. J'ai compris mon chéri.

Hugo s'en va, l'air étonné de la réaction de sa mère. Mais trop heureux de s'en sortir avec une approbation, il préfère partir vite avant que sa mère ne change d'avis. Moi, je reste près de la fenêtre car j'espère voir Curl et Ima. Je préfère attendre. Le cours suivant, je vois les deux intrépides recommencer ; Curl et Ima visitent le sac des clientes du cours de yoga et emportent dans leur repaire une tonne de miettes à manger.

— Ils n'ont peur de rien, je pense tout heureux.

Tout de même, l'épisode de Curl et d'Ima me fait froid dans le dos. Lorsque j'y pense, je sens le souffle de la savate s'abattre sur moi. J'ai raconté la fâcheuse histoire à Ed et à Hector. Concernant Ed, j'ai pris mon courage à deux mains avant d'aller lui parler. J'en ai profité pour lui faire comprendre qu'il doit arrêter de faire ses besoins de manière bien visible dans la chambre au risque de se faire repérer. J'ai omis de préciser que j'étais aussi concerné, car cette hypothèse semble lui faire immensément plaisir. Concernant Hector, il a prévu une sacré revanche. Il m'a dit :

— Si c'est comme ça, je déposerai encore plus de "cadeaux" dans leur repas ! Bien fait pour eux.

Mais moi, je proteste. Je suis contre cet usage.

— Tu aimerais toi que l'un d'entre nous fasse ça dans ta nourriture ?, je tonne. On ne fait pas ça à un ami.

— Un ami ?, rétorque Hector. Quel ami ? Tu parles encore d'Hugo. Mais tu ne sais pas qu'il va exploser ta carapace dès qu'il te verra. Tu es fou ou quoi ?

Ed enfonce encore plus le clou. Il dit :

— Je suis dans la chambre d'Hugo avec lui. Je le vois, ce "cafard". Il suit Hugo partout où il va. Un vrai toutou !

Curl et Ima sont présents avec nous. Ils me regardent avec des yeux plein de reproches.

— Ils n'ont pas tort, me dit Curl. Tu ne seras jamais copain avec Hugo. Tu mourras plus tôt que nous, ça c'est sûr. Les humains font partie d'une autre race.

A cause de toute l'hostilité qu'ils montrent tous contre Hugo et mon projet de devenir son ami, je préfère me taire et ne pas leur raconter la fois où Hugo m'a vu et qu'il cherchait visiblement à me tuer. Je ne veux pas leur donner raison. Devant tant de méchanceté à mon égard, je préfère battre en retraite. Mais avant de partir je leur dis :

— Vous vous plaignez ! Alors pourquoi vous n'allez pas vivre ailleurs ?! Cette famille est bien gentille avec vous ! Elle vous loge. Elle vous nourrit. Hein ?!

— Prends encore leur défense, renchérit Ed en ricanant. Tu verras lorsque tu prendras ton coup de savate et que tu te feras aplatir comme une crêpe.

— Oui, rétorque Hector. Moi je leur fais de sales cadeaux dans leur assiette. Tu le sais ça ?!

— Oui, et je pense que c'est toujours répugnant de faire ses gros besoins dans l'assiette des gens. Même à mon pire ennemi, je ne ferais pas ça !

— Ma parole, tu ne comprends rien !, clame Hector. Attend un peu que l'un d'eux nous voie. Nous finirons tous écrasés par une savate. Hein ?!, termine-t-il acclamé par les autres qui opinent de la tête.

Je les quitte et je rentre dans mon repaire. Hugo est assis sur son lit. Je le regarde. Il admire son téléphone portable et il dit :

— Aucun message. Personne ne m'appelle. J'ai toujours pas d'amis. Arnaud, le garçon du lycée qui est venu la dernière fois, n'était venu que pour voir les filles au cours de yoga. Il ne me parle même plus au lycée depuis que ma mère l'a viré de son cours de yoga. Je n'ai pas d'ami.

    Je pleure à mon tour dans mon coin en entendant ces paroles. Je constate qu'il y a à nouveau un point commun qui nous lie tous les deux : nous n'avons pas d'amis. Pourquoi je dis ça ? Tout simplement parce que les autres cafards, Hector, Curl, Ima et Ed – même si je ne le supporte pas – m'ont tourné le dos. Ils ne sont plus mes amis. Car des amis, ça partage tout ; on est heureux ensemble ; on est triste ensemble. Au lieu de ça, les autres cafards rejettent mon projet d'amitié avec Hugo, pire, le méprisent. Ils pensent que je devrais rester parmi les miens, ceux qui me ressemblent, qui ont des ventouses à leurs six pattes, un corps marron avec des petites ailes et deux grosses antennes qui bougent dans tous les sens – je ne vous parle pas lorsque Lola chante à proximité car dans ce cas elles se cassent. Pourtant, mon projet d'amitié avec Hugo est grandiose : un cafard et un humain. Hugo est un jeune garçon avec un corps tout blanc, une paire de bras, une paire de jambes et une grosse tête avec des yeux toujours rêveurs. J'oubliais : il se lamente sans cesse car il n'a pas d'ami. Ça, c'est un point qui me différencie de lui car je ne me lamente pas comme lui. Enfin, pas avant la conversation avec les autres cafards. Je suis dans mon trou et je le regarde. Je le vois triste comme la première fois de notre rencontre. Enfin, «rencontre», c'est un bien grand mot. Je ne peux pas dire rencontre car ce jour-là il ne m'a pas vu. Moi, en revanche, je l'ai vu. En le regardant, je peux vous assurer que sa tristesse était sincère. Il a un visage tellement triste que je ressens à nouveau le besoin d'aller vers lui et de le réconforter. Dans cet état, je me dis qu'il a grand besoin de me voir afin qu'on devienne ami. Même, je serais heureux d'être l'ami de quelqu'un d'aussi triste. Je pense que si les autres cafards le voyaient, surtout Hector, Curl et Ima, (je ne pense pas à Ed), ils seraient d'accord avec moi et voudraient eux aussi devenir l'ami d'Hugo. J'ai envie de courir et d'amener Hector voir Hugo triste comme il est. Ainsi, il comprendra sans doute mon projet.

Je suis sur le point de partir mais je me ravise. Une crainte parcourt mon corps.

— Hugo est si proche de moi qu'il pourrait me voir, je pense subitement.

Soudainement, j'arrive à la conclusion suivante : même si j'ai des ambitions d'amitié à son égard, je crois fermement que ces ambitions ne sont pas réciproques. Autrement dit, oui, s'il me voit, il me tuera avec un coup de savate instantanément.

— Ah, les hommes sont ainsi faits, je soupire en restant bien caché dans mon coin.

Le jour où j'ai failli mourir

Voilà un épisode bref et terrifiant de ma vie que je vous raconte là. Un jour, Hector et moi avons failli mourir. Si. Le coup de savate n'est pas passé loin. Donc, comme à notre habitude, nous étions la gueule grande ouverte sous la table de travail de la cuisine. Le père cuisinait les fameuses "pâtes sauce tomate". Pour cette fois, il mettait du parmesan dans l'assiette avant de servir. C'est drôle, il est un peu comme la mère d'Hugo ; il en projette partout pour notre plus grand bonheur. Donc, je disais, nous, à terre, on mangeait goulûment lorsque soudain on entend un cri. On s'arrête net et on voit des couleurs fluorescentes fondre sur nous. Terrifiés, nous courons dans tous les sens. Hector parvient à m'attirer dans la buanderie grâce à une fente dans le mur. Je ne l'avais jamais vue avant, cette fente. Derrière nous on entend la conversation :

— Qu'est-ce que tu as à crier comme ça ?, gronde le père d'Hugo.

— Mais tu n'as pas vu à tes pieds, répond la mère d'Hugo.

On comprend alors que les couleurs fluorescentes étaient en réalité les vêtements affreux qu'elle porte et que c'était en fait la mère d'Hugo qui fonçait sur nous, pauvres de nous.

— Chut, me fait Hector en me toisant sévèrement. On écoute.

— Mais je n'ai rien dit, je lui dit.

Il me regarde l'air très fâché. Je préfère obéir. Le père et la mère d'Hugo poursuivent leur conversation dans la cuisine.

— Mais tu n'as pas vu les deux cafards à tes pieds ?, gronde à son tour la mère.

— Quel cafard ?, tempête le père. Si c'est pour me dire que je ne fais pas bien le ménage, ça tu peux me le dire net. Des cafards ! Tu es obsédée par ça ma parole !

— Je sais reconnaître des cafards ! Là, j'ai vu deux cafards. Ils mangeaient tout le parmesan que tu laisses tomber à terre. En plus, tu ne nettoies pas à terre. C'est sale.

— Et ça recommence. Le ménage, le ménage, et le ménage. Moi, je travaille. Je ne peux pas faire tout ça et travailler à côté !

— Et moi alors ?!, s'insurge la mère d'Hugo. J'ai monté mon entreprise, je suis toujours sur les routes pour donner des cours à domicile, Madame Tohubohu exige que je lui donne des cours à domicile alors qu'elle habite à côté de chez nous. Tout ça, en faisant le ménage, le repassage, les devoirs des enfants, les loisirs pour eux. Hein ?

Voilà un bavardage bien ennuyeux selon moi. Mais Hector insiste :

— Je n'ai pas laissé mon cadeau dans leur assiette.

— Tu vas y aller alors que la mère d'Hugo ne pense qu'à nous surprendre et à nous tuer ?

— Deux fois qu'une, me dit Hector en me sortant un rire moqueur que je ne connaissais pas auparavant, plein de malice. Ça lui apprendra de vouloir ma mort à cette bonne femme.

Dans la cuisine, l'ennuyeuse conversation a cessé. Le père est parti se calmer dans son bureau et la mère est allée appeler les enfants dans leur chambre. Hector jette un coup d'œil furtif dans la cuisine, se dirige vers le plat de pâtes encore fumant et y fait ses besoins. Depuis la buanderie, je le regarde le souffle coupé.

— Et si jamais la mère d'Hugo le surprenait !!!!, je marmonne.

Mais personne ne vient. Hector a donc le temps de parader sur la table, puis de revenir triomphalement dans la buanderie en me toisant lourdement.

— Mauviette, me souffle-t-il avant d'aller se coucher dans sa cachette dans la buanderie. Tu y vas aussi ?

Je préfère ne pas répondre.

Voilà, vous savez tout de mon aventure. En revanche, un autre n'a pas la chance de survivre. Il s'agit d'Ed. Pourtant, c'est pas faute de l'avoir prévenu. Ce qui devait arriver arriva. Je vous raconte. Ce jour là, toujours derrière ses volets clos, Hugo est assis au pied de son lit. Il dessine quelques croquis comme à son habitude. Soudain, il se lève et s'apprête à s'asseoir sur son lit. Mais son œil est attiré par une tâche noire qu'il trouve suspecte.

— Tiens, dit-il, qu'est-ce que c'est cette tâche. Elle n'y était pas tout à l'heure. J'en suis sûr.

Il se baisse et s'aperçoit que la tâche est composée de trois petites boulettes noires foncées posées l'une contre l'autre. Il les touche, sent leur odeur et il s'écrie :

— Beurk, c'est du caca. Un animal a fait ça. Maman !

A ce cri, sa mère accourt à lui. Je la vois arriver et ses tenues de yoga fluorescentes m'aveuglent. Mais je ne veux rien rater de la suite de l'histoire ; j'ouvre donc les yeux. La mère se baisse à son tour sur la tâche noire que son fils lui montre en adoptant une mine plein de dégoût. Elle fait le même constat que son fils.

— Qu'est-ce que c'est comme animal ?, demande Hugo à sa mère.

— Hmm, répond-t-elle circonspecte. Vu la taille des excréments, l'animal doit être gros !, s'exclame la mère d'Hugo. C'est un insecte de grande corpulence. Tu n'as rien vu ?

— Non, j'étais assis à terre. J'avais le dos tourné. La bestiole n'a peur de rien. Si je l'avais vue, je l'aurais abattue d'un coup de savate !!!

Caché dans un pli du mur sous une planche en bois, je déglutis. Je me souviens de l'épisode du tiroir, là fois où Hugo m'avait aperçu. Il n'avait pas parlé du fameux coup de savate. Là, il le fait. Pour la première fois, j'entends mon ami, Hugo, parler de coup de savate pour écraser un cafard. Même s'il s'agit d'Ed, l'idée qu'il soit capable de tuer un cafard de la même race que moi me dégoûte subitement. Apparaît alors en pleine face pour moi un visage nouveau de mon « futur » ami. Et je n'aime pas ce visage qui veut tuer un cafard.

— Il aurait donc le moyen de me tuer comme ça, je pense en moi-même ; moi qui ne pense qu'à être son ami. Tout ça, à cause d'Ed. Je savais qu'un jour ça devait arriver. A cause de ses crottes, notre présence à tous les deux est démasquée.

En effet, tout à l'heure, pendant qu'Hugo dessinait, je l'ai aperçu en train de faire ses besoins bien en évidence sur l'oreiller d'Hugo.

— Pourtant, je l'avais prévenu !, je continue de penser.

Je l'ai vu faire mais je ne pouvais pas aller l'en empêcher, au risque de sortir de ma cachette et de me faire voir d'Hugo. Quand j'y pense, c'était peut-être l'occasion de me faire voir de lui que j'ai ratée. Maintenant, il est furieux qu'une bestiole ait fait ses besoins sur son oreiller. Pire, il pourrait même m'accuser de cet acte odieux.

Cependant, ange que je suis, je ne peux pas laisser Ed se faire débusquer et tuer par Hugo. Malgré notre mésentente, donc, j'essaie de prévenir Ed du danger qu'il court. En vérité, les crottes qu'il a laissées mènent directement à lui, vers sa cachette. Un vrai jeu de piste.

— Psst ! Ed ! Sors de là ! Vite !

Je crie aussi fort que je peux. Ed devrait m'entendre. Mais il n'entend rien. De toute façon, lorsque je lui adresse la parole, il fait la sourde oreille ou alors il fait semblant de m'ignorer. Non, je rectifie. Il m'ignore. Malheureusement pour lui, son mauvais comportement à mon égard aura de fâcheuses conséquences pour lui. Il risque la vie.

— L'affreux personnage !, je pense.

Pour le moment, il est coincé dans son repaire près du lit d'Hugo et il fait la sourde oreille. Mais j'ai envie de lui crier moi :

— C'est de ta faute si un jour on meurt tous !

La mère d'Hugo quitte la chambre de son fils en promettant de venir désinfecter sa chambre plus tard. Elle dit :

— Je reviendrai pour m'occuper de ça. Pour l'instant, je dois faire mes comptes. Je n'ai pas réussi à vendre les articles et bijoux que j'ai rapportés d'Inde et ma collection de vêtements, personne n'en veut apparemment. Je suis la seule à les porter. Et ton père qui refuse de partir travailler chez son patron. Encore ce mois-ci, il n'a pas de salaire. Tu sais que les pâtes sauce tomate continuent ! Je me sauve.

Hugo écoute sa mère d'un air résigné. Il hausse les épaules et se tourne vers son lit dès que sa mère a terminé son discours. Je reste bien dans ma cachette. Puis Hugo dit tout haut à lui-même :

— C'est bon, j'ai compris. Je vais m'occuper de ça moi-même.

Hugo se jette sur son lit et soulève les draps et couvertures. Moi, je me cache encore plus. Je cours sous la table de chevet. J'ai juste le temps de regarder vers la cachette d'Ed sans le voir. Je suis désespéré et j'ignore comme agir davantage sans risquer moi-même de me faire tuer. Mes antennes s'agitent. Je continue de crier à l'adresse d'Ed sans avoir de réponse, ni de réaction de sa part. Je suis inquiet. Vraiment inquiet. Mais encore une fois, je ne peux pas quitter ma cachette. Serré fort dans le bois de la table de chevet, j'ai du mal à ne pas tomber lorsque Hugo renverse la table de chevet puis la replace. Il part de l'autre côté de son lit, à l'endroit même où se trouve la cachette d'Ed. Visiblement furieux, Hugo cherche avidement à démasquer l'ignoble bestiole qui vient de faire ses besoins sur son lit. Je suis effrayé. Je fuis à toute vitesse et je reste caché au pied du mur de sa chambre dans un trou d'une plinthe du mur. Dans mon for intérieur, j'espère qu'Ed va enfin réagir. Je jette un dernier coup d'œil derrière moi. C'est là que j'aperçois Ed. Il n'a pas quitté sa cachette ni sa vilaine gueule, celle qu'il a lorsqu'il me regarde. C'est certain, il ne m'aime pas. Il ne bouge pas malgré la situation. Il me voit et me toise longuement, comme à son habitude. Je ne comprends pas la situation. Je me demande pourquoi il ne comprend pas qu'Hugo le cherche pour le tuer à cause de la découverte de ses satanées crottes. Puis soudain, un éclair de lucidité apparaît dans mon esprit. J'arrive à la conclusion suivante :

— Sans doute, il croit qu'Hugo est en train de chercher un vêtement pour s'habiller comme il le fait d'habitude. Hugo cherche toujours à terre ou n'importe où dans sa chambre un vêtement assez propre pour le porter. Il chamboule tout alors.

Mais soudain j'entends Hugo crier :

— Il est là, je le vois !

Immédiatement, j'entends un bruit sec. Hugo crie encore :

— Maman, c'est bon ! J'ai écrasé un cafard. Un bien gros. Un coup de pantoufle. Crac. La sale bête était cachée dans le bois contre le mur près de mon lit, sur l'autre table de chevet. Un cafard bien gros et gras.

— Il y a un cafard dans notre maison ?, interroge la mère d'Hugo paniquée.

Elle se précipite dans la chambre d'Hugo et examine le corps de Ed tout écrasé. Elle dit :

— Ah, oui ! C'est bien un cafard. Mais tu sais, s'il y en a un, cela signifie qu'il y en a d'autres. Il faut vraiment que je dératise. Ce sont les clientes qui ont ramené des cafards chez nous, fulmine-t-elle.

Puis elle soupire avant de quitter son fils. Quant à moi, je ne demande pas mon reste. Je cours trouver refuge chez Hector. Ed est mort. Hugo, « mon cher ami », vient de tuer un autre cafard que moi. Il est donc capable de cette cruauté envers moi. Je cours voir Hector pour l'avertir de la mort d'Ed. Mais je passe devant le bureau du père d'Hugo. Il est assis sur le fauteuil de son bureau, ou plutôt presque allongé, une jambe tendue sur son bureau et sa tête pendouille loin en arrière dans le vide. Il est quasiment à plat et allongé, si je peux dire. Il a posé un sachet de chips qui tient en équilibre sur son ventre. Tout autour de lui, les vieilles machines et ordinateurs sont totalement désossés et s'entremêlent. A ses pieds gît son livre volumineux sur la création d'entreprise. Je l'entends pousser des râles de satisfaction à chaque fois qu'il enfourne une grande bouchée de chips dans sa bouche. Les miettes tombent au sol. J'en profite pour me régaler. Selon moi, une occasion pareille ne se loupe pas ; une halte s'impose.

— Hector attendra, je pense, en m'empiffrant de miettes de chips. Ed est mort. Courir le dire aux autres ne le ramènera pas à la vie. Hummmmm ! Goût fromage, je dis en croquant dans une chips jaune et craquante. C'est un délice.

La nouvelle de la mort d'Ed nous causa beaucoup de chagrin, même si dans un second temps, nous étions tous d'accord, moi, Hector, Curl et Ima, qu'au fond, il l'avait bien cherché. Dorénavant, nous avons plus peur pour nous, peur d'être démasqués et tués. Pour empirer, Curl et Ima nous ont appris que la naissance des bébés était proche. Je préfère ne plus y penser. De toute façon, qu'est-ce que je peux y faire. Est-ce que j'ai le droit de les empêcher de donner la vie à d'autres cafards alors qu'ils risquent d'être tués, tout comme nous d'ailleurs ? Empêcher notre race de se reproduire, de naître, de vivre sous prétexte qu'un jour, peut-être elle se fera assassiner. Non, car la vie vaut la peine d'être vécue, même lorsque l'épée de Damoclès peut tomber à tout moment. Pour l'instant, je savoure ma vie.

Je suis enfin seul dans la chambre d'Hugo avec lui. Je veux toujours être son ami ; je lui pardonne le meurtre d'Ed. Après tout, qu'était-il pour moi, cet Ed. Un autre cafard que moi. Certes. Mais un cafard qui me détestait et qui me le faisait savoir. Je pense que c'est une chance pour moi de me retrouver seul avec Hugo et qu'il peut devenir mon ami. Malheureusement, nous ne pouvons pas communiquer ; ça complique les choses. Mais sentir ma présence et ma gentillesse doivent suffire pour entamer une amitié. Il faudrait qu'il me voie pour apprécier ma présence. Mais par rapport à l'incident avec Ed, je pense que c'est impossible de me montrer à Hugo sans risquer le coup de savate. Une rencontre est toujours improbable, voire mortelle pour vous savez qui.

Une affaire de lessive

Un jour, je vois Hugo tout heureux. Pourquoi ? Car il a réussi à convaincre sa mère de l'inscrire au hand-ball. Fini la natation. Hugo s'habille comme à son habitude avec des vêtements ramassés à terre, des vêtements sur le bout de son lit, des vêtements dans la corbeille à linge sale. Tous les vêtements passent à la même inspection avant d'être enfilés précipitamment. C'est toujours le même rituel ; il renifle fort leur odeur et dit :

— Ah, celui-là ne sent pas trop mauvais. C'est bon, je peux le porter encore aujourd'hui.

Il faut dire que depuis le meurtre, l'assassinat, le crime odieux d'Ed, Hugo pense que sa chambre n'a plus besoin d'être nettoyée et ses vêtements aussi ; il a tué le coupable de tous ses maux, celui qui trouait ses vêtements, celui qui salissait sa chambre selon lui : Ed le cafard. Pourtant, après avoir débusqué l'odieux cafard, sa mère s'était empressée de nettoyer la chambre d'Hugo. Convaincu sans doute que sa chambre en avait grand besoin, Hugo avait aidé sa mère. Je l'ai vu bourrer les poubelles, mettre ses vêtements dans la corbeille à linge sale qui est souvent vide – je le souligne. Mais une semaine après à peine, il a vite repris ses habitudes et pour mon plus grand bonheur. Il laisse ses volets clos et ses vêtements ne sont presque jamais lavés. Hector m'a dit qu'il ne le voit toujours pas dans la buanderie. Tout le monde y va, même le père et Lola. Le père est facilement reconnaissable.

Depuis quelques temps, en plus du ménage, la mère d'Hugo l'oblige à faire lui même sa lessive. J'ai été moi même témoin de la scène. Je vous préviens, c'est pas beau à voir. Je me souviens de ce jour comme si c'était hier. Je vous raconte.

Ce jour-là, Hugo est parti au hand-ball. Tout fier de lui, il n'arrête pas de répéter en s'habillant :

— Les garçons au hand-ball sont sympas. Mais il faut que j'arrive à attraper le ballon aujourd'hui. Ils ne s'occupent jamais de moi. Personne ne me passe le ballon.

Je m'ennuie à mourir en l'écoutant. Je préfère donc partir voir Curl et Ima. Je les trouve toujours plus amoureux que jamais. Ils m'apprennent que la naissance des bébés est proche. Je suis jaloux.

— Ils sont vraiment heureux, eux. Ils ne courent pas après une amitié impossible comme moi, je pense tout bas.

Nous sommes tous les trois dans la salle de yoga. Nous regardons la mère d'Hugo.

— C'est dur de vivre ici, dit Curl.

— Ah, oui, c'est vrai, je réponds. La mère d'Hugo pourrait vous voir. C'est ça ?

— Quoi ?!, s'exclame Curl. Non, elle, si elle nous voit, ce n'est pas grave. On file comme l'éclair. Par contre, les vêtements aux couleurs fluorescentes qu'elle porte tous les jours me grillent les yeux. Pas toi ?

— Ah, ça, je suis d'accord. Il faut s'y habituer, je soupire.

— Ouais !, dit Curl en continuant de regarder la mère d'Hugo. A force, c'est vrai, on s'y habitue. Mais il a un sacré effort à faire pour les premières minutes. Ça fait mal aux yeux. Ima aussi a le même problème. Là, maintenant, je peux la regarder. D'ailleurs, qu'est-ce qu'elle fabrique la mère d'Hugo ?

— Bof !, je réponds. Elle est sur son ordinateur et elle regarde Viccky la professeur de yoga riche, je suppose. Elle fait ça dès qu'elle a un temps libre.

Curl, Ima et moi regardons la mère d'Hugo. Nous sommes bien cachés de peur qu'elle nous voie. La mère d'Hugo s'exclame :

— « Cliquer sur entrée ». Mais je ne fais que ça. Ça ne marche pas !!!!

Les lettres clignotent sur l'écran noir de l'ordinateur de la mère d'Hugo. Elle est assise devant l'écran de son ordinateur et s'énerve contre la machine depuis le début. Prête à donner son cours de yoga dans un moment, elle est habillée d'un legging rose électrique et d'un vert presque jaune. Elle lève la main frénétiquement et frappe fort sur le clavier. J'ai l'impression de voir un éclair qui s'abat sur une pauvre machine sans défense. Le spectacle est épouvantable à voir, surtout pour les yeux. La mère d'Hugo crie à chaque fois qu'elle tabasse le clavier de l'ordinateur :

— Mais tu vas marcher satanée machine !

Son mari vient la rejoindre.

— Nathalie ! , dit-il tout bas en se rapprochant d'elle.

— Il ne manquait plus que toi pour couronner le tout ! Hein!!!!, s'exclame la mère d'Hugo en voyant son mari. Tu es toujours en pyjama ?!, dit-elle en fixant méchamment son mari.

— C'est pour ça que je viens te voir. Tu n'as pas fait la lessive et j'ai rien à me mettre, figure-toi, rétorque le père d'Hugo l'air mécontent.

Mais c'est un air qu'il perd très vite car la mère d'Hugo se montre encore plus en colère contre lui. Elle devient toute rouge. Puis elle serre très fort le clavier de l'ordinateur et le secoue dans tous les sens. Encore pour les yeux, les couleurs fluo de ses vêtements et ses gestes brusques font l'effet d'une bombe dans ma tête. Curl et Ima tournent des yeux, tout comme moi d'ailleurs. Puis c'est trop fort pour eux car je les vois fuir dans leur repaire. Ima est au bord de l'évanouissement. Puis j'entends la suite de la conversation. Ça pète comme un coup de tonnerre. La mère d'Hugo hurle :

— Tu n'as rien à te mettre. Alors va à poil. C'est économique et c'est écologique. Tu te plains parce que je n'ai pas fait la lessive ? Alors fais-la toi-même !

— Doucement, souffle le père d'Hugo à sa femme.

— Je me calme si je veux !, hurle encore plus fort la mère d'Hugo. C'est moi le professeur de yoga.

— Je vais la faire la lessive. Dis-moi seulement comment faire. Où trouver les produits ménagers. Comment faire tourner la machine. Et faire sécher le linge. Parce que j'ai besoin de vêtements aujourd'hui. Quelqu'un m'a téléphoné pour un dépannage informatique urgent.

— Hein ?! Quoi ! Tu pars encore donner un dépannage informatique. Gratuit !!!!!!!

— Oui, baragouine le père d'Hugo. Mais, dit-il en simulant la gaieté de manière ratée selon moi, c'est l'occasion pour moi de montrer aux autres que je sais faire quelque chose. C'est pour mon projet de création de mon entreprise.

— Sors d'ici !, hurle la mère en le poursuivant jusqu'à la porte de la salle de yoga.

Le père s'échappe vite de la salle sous le regard médusé des clientes du cours de yoga qui commencent à arriver. Elles le regardent de la tête au pied l'air de mépriser son pyjama, un vieux truc plein de traces de gras ou d'autres tâches suspectes. Il les salue brièvement, un peu gêné de la situation et se réfugie dans la maison. La mère repart en un éclair au fond de sa salle de yoga et tente d'installer une ambiance zen. Je suis toujours dans ma cachette en train de la regarder. Curl me rejoint.

— Sacré bonne femme, chuchote Curl.

— Parle moi plus fort, je lui dis. Tu sais, elle ne va pas nous entendre. Elle n'entend pas les cafards.

Les clientes rentrent dans la salle et s'installent sur les tapis. Lorsque l'une d'elle sort un paquet de chips de son sac, sa mère la gronde et lui dit assez fort pour que toutes les autres clientes l'entendent :

— Marie, rangez ça s'il vous plaît. Dans mon atelier, vous ne pouvez manger que les barres de céréales que je vends dans mon établissement. Regardez, dit-elle en montrant les barres de céréales étalées sur son guichet. Il en reste encore. Qui en veut ?

La cliente grondée par la mère d'Hugo regarde les barres de céréales, fait la moue et fait non de la tête. Puis elle range son paquet de chips dans son sac qu'elle ferme hermétiquement. Curl lorgne le sac puis se montre triste.

— Qu'est-ce qui ne va pas ?, je lui demande.

— Bah, la femme au paquet de chips a fermé le sac. On ne peut pas y entrer.

— Dommage, soupire Ima qui nous rejoint à son tour. Celui-là, dit-elle en parlant du paquet de chips de la cliente, on ne l'aura pas. Je pars me coucher. Les bébés arrivent bientôt et je ne me sens pas bien.

— Va te reposer ma douce, lui dit Curl. Nos bébés seront bientôt là. Ils auront besoin de nous pour veiller sur eux. Que je suis impatient !

— Qu'est-ce qu'ils sont beaux ces amoureux, je pense en les admirant.

Voilà comment a commencé la série de lessives du père d'Hugo. Mais je dois vous dire que ça ne lui réussit pas. Depuis qu'il fait lui-même sa lessive, il lui arrive souvent des accidents de lessive.

Tenez, aujourd'hui, il porte une chemise blanche toute tâchée avec des couleurs de l'arc-en-ciel. Il a été obligé d'acheter également deux autres pantalons car les autres avaient rétréci au lavage. Depuis quelques temps, il est moins drôle à la maison. Il semble triste et abattu. Il reste enfermé devant une montagne de vieux ordinateurs qu'il essaye de réparer. Manifestement, il n'y arrive pas ou il n'en a pas envie. Il mange des chips à longueur de journée pour se consoler. Ça, c'est parfait pour moi. Je me régale.

Une tentative de rapprochement

J'ai décidé aujourd'hui : je dois tenter un rapprochement avec Hugo. J'ignore pourquoi je veux en parler à Hector. C'est vrai, je connais un peu sa réaction. Il va me dire :

— Tu vas te faire écraser avec une paire de savates comme Ed. Ça ne te suffit pas comme preuve la mort d'Ed ?

Je pars à sa rencontre dans la buanderie. Ma tête bouillonne tant je réfléchis à ce que je vais bien pouvoir lui raconter pour qu'il arrête son discours. Malheureusement, je passe devant la chambre de Lola. Elle a le dos tourné vers son magnétophone et elle chante dans un micro en faisant des gestes pareils à ceux d'une personne qui chante sur une scène. Je pense en passant aussi vite que possible devant sa porte :

— Pffff ! Elle s'y croit déjà sur la scène !

Le téléphone sonne.

— Lola, va répondre !, hurle le père d'Hugo depuis le fauteuil de son bureau.

— Non ! Je répète mes chansons. Tu n'entends pas ? T'es sourd ?

— Lola !, gronde le père en se levant comme quelqu'un posé sur un ressort.

Mais Lola est plus rapide que lui. Elle ferme sa porte à clé et continue sa séance de chant sans prêter attention à son père qui tambourine à sa porte. Le téléphone continue de sonner. Moi, je me suis caché dans une plinthe en bas du mur devant la porte de la chambre de Lola.

— Pourvu que le père d'Hugo ne me voie pas, je pense effrayé.

Heureusement, il ne me voit pas. Le téléphone s'arrête de sonner. Le père retourne alors dans son bureau. J'entends le fauteuil pousser des cris plaintifs tant il est écrasé par le poids du père d'Hugo. J'entends ensuite le bruit du froissement d'un paquet de chips. J'avoue, depuis que la mère a adopté son régime culinaire à base de pâtes et de sauce tomate, repas qui ne me laisse pas beaucoup de miettes à manger, je suis fou des chips. D'ailleurs, j'accompagne à chaque fois Hugo à son cours de dessin car je sais que là-bas, Hugo et les autres élèves du cours de dessin, voire même le professeur de dessin maintenant, mangent tous des chips ou des gâteaux aux séances de dessin. Mais je préfère toujours les chips aux gâteaux. C'est pourquoi j'ai appris à reconnaître le bruit que le paquet fait lorsque quelqu'un le déchire pour l'ouvrir. Là, en ce moment, depuis ma cachette, je reconnais ce doux bruit, ce froissement du papier qu'il fait lorsque le père d'Hugo le déchire ou simplement lorsque le père d'Hugo tient le paquet de chips à la main tout en dévorant les chips. Mes yeux larmoient tant je bave d'envie et je désire me précipiter comme un fou dans cette oasis de chips. J'en déduis que le père d'Hugo mange des chips maintenant. Je me hâte donc vers son bureau.

— Ma discussion avec Hector attendra, je pense. De toute façon, je sais ce qu'il va me dire. Il va me dire : ....

— Dring !

Je stoppe net ma course et je me cache à nouveau. Le téléphone s'est remis à sonner. Cette fois, le père d'Hugo ne demande pas à Lola d'aller répondre. J'entends Lola qui chante haut et faux, parfait pour réveiller un cadavre. J'entends la porte du tiroir claquée violemment. J'en déduis que, résigné, le père d'Hugo a enfermé le paquet de chips dans un tiroir du bureau avant de se lever pour partir répondre au téléphone, furieux contre Lola. Je le vois se précipiter dans le salon pour répondre au téléphone. Je suis triste ; le paquet de chips est enfermé. Comme disait Ima la dernière fois à propos du paquet de chips enfermé dans le sac de la cliente du cours de yoga :

— Celui-là, je ne pourrai pas l'avoir. Zut !

J'abandonne donc et je me rends dans la buanderie pour rejoindre Hector. Je passe par le salon et je vois le père d'Hugo. Il est au téléphone et il écoute son interlocuteur de manière attentive. Puis il dit :

— Monsieur le directeur, je fais une pause professionnelle. Non, je ne suis pas en vacances. Non, je ne démissionne pas. Je veux tenter l'aventure de la création d'entreprise. Je monte ma propre boîte. Vous comprenez, ça demande du temps et …..

Un instant de silence. Le père écoute encore son interlocuteur. Puis il dit soudain d'un ton colérique :

— Comment ça vous donnerez ma place à quelqu'un d'autre ? ! Hein ?! On ne peut pas virer les gens comme ça ! Je vous ferai un procès. C'est pas parce que je suis absent du bureau depuis plus de trois mois que vous pouvez me licencier. J'ai la loi avec moi !

Le père se tait à nouveau et écoute l'interlocuteur puis lui répond :

— Quoi ?! J'ai encore une semaine pour me décider avant de recevoir ma lettre de licenciement ? Mais je vous collerai un procès, moi !

Il raccroche violemment le téléphone et s'en va dans son bureau. Depuis le salon, je l'entends bouger les ordinateurs. Je m'approche de son bureau et je le vois s'affairer sur les machines comme s'il était pressé de terminer.

— C'est curieux, je pense, il semble pressé de terminer alors que ça fait des mois que ces ordinateurs sont dans son bureau dans cet état. Je ne l'ai jamais vu autant travailler pour réparer les ordinateurs !

Je soupire et je me dirige vers la buanderie. Derrière moi j'entends le bruit du fauteuil du père d'Hugo.

— Ah, il a déjà fini !, je m'exclame. Il doit même commencer à manger ses chips.

Je ferai bien demi-tour mais je veux parler avec Hector une bonne fois pour toutes. J'arrive à la buanderie. Je trouve Hector en train de manger des bouts de tissus dans une des armoires.

— Qu'est-ce que c'est ?, je lui demande.

— Ah ça ! Un chiffon que la mère garde au fond d'une armoire ici, dans la buanderie. C'est un grand tissu qu'elle pose sur la table pour les grandes occasions. Tu en veux ?

Je regarde le bout de tissu et j'en goûte un bout.

— C'est pas mauvais, je déclare à Hector. C'est pas mal, même, je dis en mangeant goulûment le tissu.

Tous les deux, on déguste par endroits le tissu. Hector me dit :

— Après, j'irai poser mon gros cadeau dans leur assiette ! Tu viendras avec moi ?

— Tu sais très bien que je ne peux pas faire ça à un ami, Hector.

— Hein ! Qu'est-ce que j'entends ? Tu parles encore de cette histoire d'amitié avec Hugo. Tu vas te faire écraser avec une paire de savates comme Ed. Ça ne te suffit pas comme preuve la mort d'Ed ?

Voilà, il a sorti sa phrase qui me fait mal au cœur. Je le regarde à court d'arguments. Je me lève pour m'en aller. Soudain Hugo rentre dans la buanderie.

— C'est Hugo, je proclame à Hector.

— Tiens, quand on parle du loup, me dit Hector entre deux coups de dents balancés dans le tissu que nous sommes en train de manger. Qu'est-ce qu'il fait là ? La lessive ?

Hector et moi regardons Hugo. Nous sommes cachés de peur qu'il nous voie. Je regarde Hugo. Il fouille dans une corbeille de linge et s'exclame :

— Ah, voilà le gilet que je cherche. En plus il est lavé et propre, dit-il tout excité en respirant son odeur. Je devrais en profiter pour changer tous mes vêtements. Ils puent le rat mort en fait, les vêtements que je porte. Bah !

Hugo se déshabille devant nos yeux ébahis. Pour Hector, c'est une première. Pas pour moi, vous pensez bien. Hugo lance tous les vêtements qu'il porte à terre et enfile des vêtements qu'il trouve dans la corbeille de linge propre. Lorsqu'il a fini, il s'exclame :

— Bon, avec ça, ils ne pourront pas dire au lycée que je ne sens pas bon. Zut, mon téléphone est resté dans ma chambre.

Aussi vite qu'il est venu, aussi vite il repart. Il tient ça de sa mère je présume. Je me tourne vers Hector et je lui dis :

— Tu l'as vu maintenant Hugo. Tu n'as pas eu envie d'être son copain. Il est tellement .....

Je cherche encore mes mots. Mais Hector me coupe et me balance à nouveau sèchement :

— Tu vas te faire écraser avec une savate comme Ed. Ça ne te suffit pas comme preuve la mort d'Ed !

— Je pars le retrouver, j'annonce à Hector. Aujourd'hui, je tente de l'approcher pour être vraiment son ami. Comme tu le sais, on ne peut pas être ami si ce n'est pas réciproque. L'amitié est quelque chose qui se partage. Pour commencer une amitié, il ne suffit pas d'être là à côté de l'autre. Il faut que l'autre vous voie. Qu'il vous aime. Qu'il .....

J'arrête de parler car j'entends des bruits bizarres pareils à ceux d'un moteur d'une voiture. Je me retourne et je vois Hector. Il dort et ronfle à tue-tête.

— Je vois !, je soupire. Voilà ce que mon beau discours sur l'amitié lui fait.

Je retrouve Hugo dans sa chambre. Je me faufile dans ma cachette, sur la table de chevet de son lit. Son téléphone portable, celui qu'il cherche est posé sur la table de chevet. J'ouvre de grands yeux à mesure que l'idée jaillit dans mon esprit :

— Et si je me posais sur le téléphone. Comme ça, dès qu'il regardera son téléphone, il me verra !

Tout excité grâce à cette idée, je sors de mon trou et je monte sur le téléphone. Je prépare mon discours. D'abord, je le regarderai avec de grands yeux et je ferai des ronds avec mes antennes. Pour faire comme l'image du cœur ou comme quelqu'un qui envoie des baisers.

— Ah, c'est confus, tout ça, je me dis à moi-même. C'est du n'importe quoi. On va dire : je ferai des ronds avec mes antennes. Il comprendra bien que je veux être son ami. Et puis, il me verra. Il ouvrira de grands yeux. Il me fera un sourire et il me parlera. Il me dira des choses comme : "ô, toi, tu es mignon", "tu t'appelles comment", "comme tu es gentil", "comme tu as de belles ventouses". Enfin, ces choses là, quoi.

Soudain, une pensée me vient. Je me souviens violemment de la voix d'Hector et de ses paroles. Il me dit :

— Tu vas te faire écraser avec une savate comme Ed. Ça ne te suffit pas comme preuve la mort d'Ed ?

La peur me prend. Hugo s'approche et saisit son portable. J'ai juste eu le temps de me cacher. Mais je pense qu'il m'a encore vu comme la dernière fois car il a dit :

— Tiens, j'ai la berlue ou quoi ?! Je suis pourtant sûr d'avoir vu une bête marron.

Il saisit son sac à dos et s'en va. Caché sous la table de chevet, je souffle enfin. Je suis encore en vie.

Les bébés cafards

Tout fier de moi, je raconte à Hector, Curl et Ima comment Hugo m'a aperçu dans mon repaire. Je ne sais toujours pas pourquoi, mais je ne leur ai toujours pas raconté qu'il m'avait aperçu dans le tiroir du bureau de son père... et qu'il m'aurait sans doute écrasé, tué, lapidé. J'avoue que je n'en tire aucune fierté. Mais la dernière fois, c'était une vraie tentative de rapprochement. Elle a échoué. Certes. Mais je répète que c'était une véritable tentative de rapprochement initiée par moi, pas par le hasard comme dans l'histoire du tiroir. Cette histoire restera dans les annales – les miennes dans tous les cas. Cependant, malgré tout mon sentiment de fierté, les autres continuent de me dire la même chose. Ils s'écrient tous :

— Tu es fou. Tu cherches à te faire écraser. Rappelle toi de Ed !

Même Ima, la plus douce des cafards, hurle contre moi. Elle est rigolote avec son gros ventre plein de bébés dedans. On dirait Hector avec son gros ventre bien gras. Toutefois, lorsqu'ils me hurlent tous à la tête que je vais me faire écraser, je réponds la même chose :

— Je ne suis pas sourd !

Je n'oublie pas que j'ai peur de me faire écraser par Hugo, ou la mère, ou le père, ou Lola. Cependant, encore une fois, je leur répète que nous vivons comme des rois chez la famille d'Hugo. C'est pourquoi nous devons être gentils avec eux. Mais cet argument ne semble pas malheureusement plus les convaincre.

— Et alors, me répond Hector sous l'approbation de Curl et Ima. On serait dans une autre famille, ça serait pareil.

Quelques jours s'écoulent. La naissance des petits de Curl et d'Ima est imminente. Hector et moi décidons d'aller les rejoindre dans la salle de yoga. Je montre à Hector le banc sur lequel j'aime me hisser pour regarder à l'intérieur de la salle de yoga. La fenêtre de l'atelier est à demi-ouverte. On peut donc facilement entendre et voir ce qui se déroule à l'intérieur de l'atelier. Nous nous apercevons que la salle est pleine de clientes. Un cours de yoga débute. Hector et moi voyons une dizaine de clientes à plat ventre et la tête penchée en arrière. La mère d'Hugo dit à ses clientes :

— On reste en salutation du soleil, on respire.

Soudain, quelqu'un frappe violemment à la porte juste à côté de nous.

— Vite, cachons nous, Hector et moi crions à l'unisson.

Nous partons nous réfugier sous le banc. Nous entendons la mère dire à ses clientes :

— Ne bougez pas, restez dans cette position. Quelqu'un frappe à la porte. Je pars ouvrir.

Elle ouvre la porte et fait entrer la personne qui vient de frapper à la porte.

Hector se hisse à nouveau sur le banc. Je l'imite. Il me demande :

— Qui c'est celle-là ?

— C'est madame Tohubohu !, je réponds après avoir reconnu la furie d'autrefois. Je me demande bien ce qu'elle vient faire là.

La mère d'Hugo accueille sa cliente sous l'œil intéressé de ses élèves. Elle lui dit :

— Quelle surprise, vous voulez pratiquer le yoga en cours collectif avec nous ici madame Tohubohu ?

— Non, coupe Madame Tohubohu sèchement. Je passais par là et je me suis dit que j'aurai plus de chance d'avoir un rendez-vous si je venais ici au lieu de vous téléphoner. J'ai pas beaucoup de succès de ce côté là !, ajoute-t-elle d'un ton plein de reproches.

Après un court moment de silence, qui s'avère pesant, elle ajoute :

— C'est charmant, dit-elle en regardant autour d'elle et en jetant des coups d'œil furtifs aux élèves maintenant assises sur le tapis et en train de manger des barres de céréales. Vous prenez le thé ?, demande-t-elle à la mère d'Hugo.

— Oh non !, répond la mère d'Hugo en jetant des regards furieux à ses élèves. Mes élèves sont dissipées. Il suffit que je les laisse cinq minutes pour qu'elles s'accordent une pause grignotage.

Sans prêter attention aux réponses de la mère d'Hugo, Madame Tohubohu proclame :

— Je suis libre lundi de la semaine prochaine. Vous aussi ?

— Oui, dit la mère visiblement troublée en feuilletant son agenda.

— Parfait !, tonne Madame Tohubohu. Ravie d'avoir visité votre atelier de yoga. Charmant. Mais je préfère chez moi. Alors à lundi. Chez moi !

Madame Tohubohu range son agenda dans son sac puis le referme. Lorsqu'elle baisse les yeux, elle voit se ruer vers elle une quantité impressionnante de bébés cafards.

— Regarde, me dit Hector en voyant les bébés cafards. Ils sont nés. On arrive juste à temps pour les voir. Après on ne sait pas où ils iront vivre.

On voit plus loin d'autres cafards courir sur les tapis sur lesquels sont assises les clientes du cours de yoga. Elles hurlent dès qu'elles aperçoivent les petites bêtes grimper partout, s'accrocher à leurs cheveux. Madame Tohubohu hurle à son tour :

— Des cafards, il y a plein de cafards ! Je savais que je n'aurais jamais du sortir de chez moi. Je vais rentrer avec plein de cafards maintenant. Mais vous ne faites jamais dératiser chez vous Nathalie ?, reproche-t-elle à la mère d'Hugo.

Mais celle-ci est envahie à son tour de cafards qui grimpent sur son bureau et envahissent son clavier d'ordinateur. Les clientes attrapent leurs affaires et sortent en hurlant. Tout le monde se retrouve dehors. Les femmes, sentant un cafard grimper sur elles, poussent des cris encore plus fort et se secouent violemment ou se tapent. En rageant,

Madame Tohubohu s'est enfuie chez elle en promettant de se désinfecter jusqu'au sang.

— Voilà ce qui se passe lorsqu'on mange dans mon atelier !, hurle la mère d'Hugo aux clientes vexées de la remarque. Dorénavant, je ne veux plus voir autre chose que les barres de céréales que je vendrai dans ma boutique. Celles-là au moins n'apporteront pas des cafards chez moi. Maintenant, rentrez chez vous. Je vais dératiser mon atelier. D'ici demain, il n'y aura plus aucune bête chez moi !

Sous le regard outré de ses clientes à peine habillées, la mère d'Hugo rentre dans son atelier et vaporise des produits. Nous sommes cachés sous le banc. Mais nous n'avons pas eu le temps d'alerter Curl et Ima, les parents de la portée de cafards qui a mis tout ce souk. Subitement, l'odeur des produits que la mère d'Hugo vaporise dans son atelier arrive jusqu'à nous. Je ressens aussitôt comme des vertiges et ma vue se trouble. Hector me hisse sur son dos et court avec moi. Il crie :

— Ne restons pas là ! Il faut fuir.

Il longe les murs et se dirige vers le bâtiment au fond du jardin. C'est un endroit que je ne connais pas. Hugo y range son vélo, je sais. Mais comme je suis enfermé dans son sac à dos lorsqu'il part au cours de dessin, je ne vois jamais l'intérieur du bâtiment. Aujourd'hui, Hector m'y emmène. Je vois des objets, des vieux jouets entassés dans des cartons, des outils de jardinage, une vieille tondeuse à gazon. Hector me jette au sol. Je vois qu'il est exténué.

— Nous serons à l'abri ici, me dit-il.

— Mais Curl et Ima ?

Hector est sans doute trop fatigué pour me répondre. Nous finissons par nous endormir dans la remise. Quelques heures après, nous sortons. Lorsque nous passons devant la porte de l'atelier de yoga, nous voyons les bébés cafards morts. Nous nous hissons sur le banc et nous voyons l'intérieur de la salle de yoga. Couchés côte à côte, nous voyons les corps inertes de Curl et Ima entourés de quelques uns de leurs bébés. La tristesse m'envahit. Je regarde Hector. Il me lance alors des paroles enrobées de tristesse et de haine à la fois avant de me quitter :

— Ne me dis pas que tu veux toujours être l'ami d'Hugo. Pitié.

Alerte ! Nous sommes démasqués !

Je suis de retour dans la chambre d'Hugo. Je le vois assis au pied de son lit qui se tourne les pouces fébrilement. Son regard semble plongé dans le vide. Les volets de sa chambre sont clos. Il fait sombre à l'intérieur de sa chambre sauf sous la lampe de sa table de chevet. Je suis là et j'ai envie de me venger contre lui ; il a tué Ed et sa mère vient de tuer d'adorables bébés cafards qui ne lui faisaient aucun mal ainsi que deux cafards que j'aimais, Curl et Ima. J'ai envie de lui crier ma haine. Mais au lieu de ça, je reste dans ma cachette près de son lit.

— Hélas !, je soupire. La vie est cruelle. Sans doute est-il temps pour moi de déménager. De partir vivre près des miens, ceux qui ont des ventouses sur les pattes, qui ont un corps marron avec une carapace et des ailes, une grosse tête avec deux gigantesques antennes. Hector sera heureux de m'accueillir. Malgré l'odeur de la buanderie, je veux bien y aller.

Hugo se lève et s'allonge sur son lit. Il regarde le plafond et soupire à son tour. Il dit :

— Handball, quelle idée naze ! Personne ne me passe le ballon. Je n'ai toujours pas d'amis. Quelle vie nulle !

Il semble triste maintenant que je le vois mieux. De mon côté, je doute sérieusement de notre amitié. Je ne vois pas comment je peux être son ami car tout nous sépare. De plus, je sais au fond de moi-même qu'il n'hésitera pas à me tuer s'il me voit. Je ne lui en veux pas. Il est humain. Donc il réagit comme un tel : il voit un cafard et il le tue. Le cafard, c'est moi. Ne faites pas les hypocrites, car vous feriez pareil. Je continue de le regarder les yeux pleins de tristesse à l'idée d'abandonner mon projet d'amitié avec lui. Car oui, tout de même, je trouvais que c'était un sacré projet à réaliser. Un de ceux qui s'inscrivent dans les annales du genre en titre de journal national, rien que ça : " Un cafard devient l'ami d'un garçon". Mais c'est terminé. Je décide de lui faire mes adieux.

— La vie est courte, je soupire. Il faut la vivre à fond au lieu de courir après une ambition impossible à réaliser.

Depuis le couloir, j'entends la mère qui invite tout le monde à venir se mettre à table. Hugo sort de sa chambre. Lola débranche violemment son micro ; lorsqu'elle fait ça, le micro émet un son encore plus horrible que le son mauvais de sa voix. C'est énervant. Le père se lève à son tour. Depuis la chambre d'Hugo, j'entends le bruit de son fauteuil, qui soulagé du poids du père d'Hugo, pousse des bruits plaintifs (libéré, délivré). Je quitte à mon tour la chambre d'Hugo et je file dans la buanderie. J'espère faire part à Hector de ma décision : j'abandonne mon projet d'amitié avec Hugo.

Avant de le rejoindre, je passe par le salon. Toute la famille s'y trouve. Hugo dit à ses parents d'un air las :

— J'arrête le hand-ball. C'est naze de jeter un ballon dans un filet. Et puis, les garçons ne me passent jamais la balle. C'est toujours les mêmes qui se passent le ballon entre eux. J'en ai marre. En plus, le gardien de but est méchant avec moi ! J'arrête le hand-ball.

Toute la famille le regarde avec de gros yeux.

— Eh, ne me regardez pas comme ça, rouspète Hugo. J'arrête juste un sport. Ça va ! Bah ! C'est pas la fin du monde !

Le père hausse les épaules. Sa mère respire fort et se montre exaspérée. Puis, sans un mot, elle part dans la buanderie et en revient avec un grand morceau de tissu. Je le reconnais ; c'est celui que j'ai goulûment mangé avec Hector. Elle dit :

— Aujourd'hui, je fête les dix ans de mon entreprise de yoga. Je dresse la table avec une belle nappe et j'ai fait un bon repas : du hachis parmentier avec en dessert un bon gâteau acheté chez le boulanger.

— Quoi !, dit Hugo. Tu veux dire qu'il n'y a pas ces horribles pâtes sauce tomate, vraiment écœurantes, qu'on mange tous les jours ?!

— Écoute, dit la mère d'Hugo, vu l'état de nos finances, tu peux encore être heureux d'avoir de quoi manger ces pâtes à la sauce tomate.

Le père baisse la tête et évite le regard de Lola et Hugo qui le fixent d'un air réprobateur.

— Ah, mais au fait, déclare Hugo, j'arrête le hand-ball mais je fais un autre sport. Un garçon au lycée m'a dit que l'escrime est un bon sport. Je commence au début de l'année, après les fêtes de noël et du nouvel an.

Sa mère reste figée et le regarde. Puis elle lui demande :

— Tu changes encore de sport ? Et puis d'ailleurs, pourquoi l'escrime ?

— Au moins je ne me battrai pas contre plusieurs personnes sur un terrain pour une vulgaire balle. En plus, on n'a pas besoin de courir comme un dératé.

— Mais toi, tu t'es renseigné sur ce sport avant de t'inscrire ? Ou tu te bases sur ce qu'il a dit, le garçon au lycée ?

— Bah, quelle importance. Je commence bientôt.

La mère d'Hugo regarde son mari. Celui-ci hausse les épaules et souffle à sa femme :

— Laisse le faire !

La mère d'Hugo ouvre le grand tissu blanc et le pose sur la table en bois marron. Elle voit alors soudainement les trous que nous avons faits Hector et moi lorsque nous avons mangé le tissu. Elle crie :

— Ma belle nappe ! Elle est pleine de trous ! Encore des mites.

— Tiens, maman, déclare Hugo, c'est pareil que les trous que j'ai trouvé dans mes vêtements. Mais tu sais, on a accusé les mites. Mais je pense que c'était le cafard que j'ai tué qui avait fait ces trous. Pas les mites.

— Des cafards !, hurle la mère d'Hugo. Il y en avait plein dans mon atelier. Tu ne vas pas me dire qu'ils sont venus s'installer ici aussi. Dans la buanderie ! C'est là que j'entrepose mes plus belles nappes.

S'ils pouvaient m'entendre, je leur dirais bien ce qu'on a fait dans son dos Hector et moi de ses "plus belles nappes" : on les a grignotées jusqu'au trognon. Voilà. Il faut dire que le tissu était si appétissant. En plus, elle, avec son assiette de pâtes à la sauce tomate qu'elle prépare du matin au soir, il n'y a pas beaucoup de miettes à manger. Hector et moi sommes obligés de la surveiller lorsqu'elle prépare les repas pour espérer manger quelques miettes de fromage qui tombent au sol. S'il n'y avait pas les cours de dessin avec tous les élèves qui grignotent chips et gâteau pendant le cours, ou le père qui s'empiffre de chips dans son bureau, je n'aurais pas eu grand chose à manger. Quand j'y pense, ce n'est pas une vie. J'en souffre et j'ai faim. Hector avait raison : cette maudite famille mérite bien qu'il dépose son "gros cadeau" comme il aime dire dans le plat de pâtes à la sauce tomate. Je devrais peut-être m'y mettre. Maintenant que je ne suis plus l'ami d'Hugo.

La voix de Lola me sort de ma réflexion.

— Il n'y a pas de cafards chez moi, dit Lola. Il n'y en a que dans la chambre d'Hugo. Parce qu'il ne nettoie jamais sa chambre et reste plongé dans le noir. Comme un cafard.

Puis elle claironne à Hugo :

— C'est un nid à cafards, ta chambre. Tu es un cafard toi-même !

— On ne t'a rien demandé, celle qui chante faux, rétorque Hugo.

La mère ne s'occupe pas de leur petite querelle. Furieuse, elle se rue dans la buanderie. Je file comme l'éclair prévenir Hector. Mais je suis plus rapide qu'elle. J'arrive et j'aperçois Hector dans une curieuse position que je ne remarque pas immédiatement. Je lui crie :

— Alerte, tu es démasqué. Il faut fuir.

Mais curieusement, Hector ne bouge pas d'un poil. Je le fixe et je vois qu'il a les six pattes en l'air. Je m'approche furtivement de lui et je lui touche les antennes. Je tente de le retourner en lui disant :

— Relève toi, la mère d'Hugo est furieuse. Elle va te voir et te tuer. Il faut fuir.

Mais le corps d'Hector est lourd. Malgré tous mes efforts pour le soulever, j'échoue et le corps d'Hector reste dans la position initiale dans laquelle je l'ai trouvé. Je n'ai pas le temps de comprendre la situation. La mère d'Hugo apparaît subitement. Je cours me réfugier sous un meuble. Mais lorsque je me retourne, Hector n'est pas là.

— Il ne m'a pas suivi ?!, je constate haut et fort. Il est fou. La mère va le découvrir et le tuer à coup sûr.

Je reviens sur mes pas en faisant attention à ne pas me faire repérer. Je vois Hector toujours ses six pattes en l'air. Il ne bouge toujours pas.

— Étonnant !, je me dis.

Ce qui devait arriver arriva. Comme prévu, la mère d'Hugo voit Hector inerte. Elle le prend du bout des doigts et l'emporte avec elle comme un trophée au salon. Je la suis sans me faire repérer.

Elle proclame aux autres en montrant fièrement Hector :

— Regardez, voyez ce que je tiens !

Le père d'Hugo, Hugo et Lola se rapprochent d'elle et regardent scrupuleusement Hector.

— C'est un cafard, constate Hugo. Je te l'avais bien dit. Il me fait penser à mon cafard bien gros et gras qui était dans ma chambre. Tu vois, il y a des cafards dans la buanderie.

— Je ne l'ai pas tué celui-là. Il était déjà mort. Sans doute de vieillesse. Mais ce qui m'inquiète, c'est que c'est le deuxième dans notre maison. Sans compter les cafards dans mon atelier.

Je suis dans mon coin en train de les regarder. Plus je les regarde, plus ils me dégoûtent. Surtout Hugo.

— Quand je pense que j'ai voulu être l'ami de ça, je dis en parlant d'Hugo. Pfffff ! N'importe quoi.

— C'est une véritable invasion de cafards, soupire la mère. D'ailleurs, il faut arrêter de manger sans arrêt dans la maison. J'ai beau nettoyer sans cesse avec l'aspirateur, je trouve toujours des miettes de gâteaux ou de chips dans la maison. C'est comme dans mon atelier. Les clientes ne cessent d'apporter des chips ou des gâteaux. Elles grignotent sans arrêt. Grignoter dès que l'on s'ennuie c'est un mal de notre époque.

Toujours dans mon coin, je proteste :

— "Invasion", le mot est lâché. Et puis quoi encore ?! Hein ! Nous sommes des cafards, des petites bêtes infiniment plus petites que vous. Vous pouvez nous tuer du bout de votre doigt tellement nous sommes petits. Nous ne sommes pas nocifs et on ne prend pas beaucoup de place contrairement à d'autres animaux que vous chouchoutez comme les chats, les chiens, les lapins. De plus, il ne faut pas oublier : nous les cafards, nous sommes votre avenir, votre survie en cas de catastrophe nucléaire ou de virus. Grâce à nous, les chercheurs tentent de découvrir des vaccins pour vous sauver basés sur nous, les cafards, grâce à notre capacité à survivre en cas extrême. Hein, il ne faut pas oublier ça ! Hein la grosse !!!!!

Avec cette tirade, je pense avoir déversé sur eux toute la haine que j'ai dans le cœur. Ils ne m'entendent pas. Je vous crie :

— Je m'en fous.

J'écoute leur conversation qui se poursuit. Hugo dit :

— Il faut voir aussi dans le tiroir du bureau de papa. Il est bourré de paquet de chips ouverts. Tu m'étonnes ! Le cafard doit se nourrir que de ça !!!!

— Parle pour toi, s'énerve le père d'Hugo. Ta chambre est un vrai souk. Tu y manges aussi et tu laisses les volets clos. Tu m'étonnes que les cafards viennent dans ta chambre.

— Stop, hurle la mère. Tous, vous passez votre temps à grignoter. C'est un mal de notre époque, je le répète. Mais je vous jure qu'à partir d'aujourd'hui, je ne veux plus voir traîner de paquet de chips ou autre. C'est poubelle direct.

Le père jette des yeux pleins d'éclairs à Hugo qui en fait de même.

Je reste dans mon coin à méditer un plan de vengeance contre eux. En l'honneur d'Hector, rien qu'une fois, je pourrai leur offrir un "gros cadeau" dans leur plat de pâtes à la sauce tomate. Mais je me ravise. Je ne sais pas, sans doute une question d'éducation. Je ne suis pas comme lui. Je ne me vois pas faire mes besoins dans la nourriture de quelqu'un d'autre, même si cette personne est mon pire ennemi. Plus je les regarde en ce moment, plus je me dis :

— C'est bien dommage.

Le repas se termine dans une mauvaise ambiance. Un jour qui devait être un jour de fête pour fêter les dix ans de l'atelier de yoga de la mère d'Hugo se transforme en règlement de compte : découverte d'un cafard supplémentaire dans la maison, dénonciation de présence de chips dans le bureau du père d'Hugo, critique sévère sur l'état de propreté de la chambre d'Hugo, et volonté affirmée de la mère d'Hugo de mettre fin une fois pour toute aux nombreuses séances de grignotage de chips dans la maison. Tous les quatre à table finissent par manger le hachis parmentier et le gâteau de la boulangerie en silence.

Je suis heureux de constater que la mère a tout de même posé la nappe pleine de trous sur sa table en bois foncé. La nappe blanche posée sur la table marron semble constellée d'étoiles marron provoquées par la couleur de la table qui passe à travers les trous de la nappe.

Je tire une certaine fierté d'avoir grignoté cette nappe. Encore plus de me dire que je l'ai fait en compagnie de mon ami Hector. C'est un peu comme un cadeau d'adieu pour lui.

— Au revoir, vieux, je dis à l'adresse d'Hector. Tu as eu une mort douce et heureuse. Mon ami, tu as joui de la vie jusqu'au bout.

Je t'ai vu, menteur !

Depuis l'incident des cafards dans son atelier, la mère d'Hugo décide de soigner encore plus sa clientèle, surtout sa clientèle à domicile au grand bonheur de Madame Tohubohu. Cette dernière paie avec joie, en liquide, sa séance et répète sans arrêt :

— Du moment que je n'ai pas besoin de sortir de chez moi pour recevoir vos microbes et vos cafards, je paie volontiers mes séances en liquide !

Dès qu'elle rentre d'une séance avec Madame Tohubohu, la mère d'Hugo est toujours de mauvaise humeur. Un jour, à table, elle a dit à tout le monde :

— Si on n'avait pas autant besoin d'argent, je ne partirais plus donner des cours de yoga chez Madame Tohubohu. Elle n'arrête pas de me parler de l'histoire des cafards dans mon atelier. C'est saoulant à la fin.

Le père d'Hugo prend sa respiration et prend la parole à son tour d'un air joyeux. Il proclame :

— Aujourd'hui, je suis retourné travailler à Cap Informatique. Par chance, mon directeur n'a pas donné ma place à quelqu'un d'autre. J'ai retrouvé mon fauteuil de comptable comme je l'avais laissé.

Hugo, Lola et leur mère le regardent avec de grands yeux.

— Tu es sérieux là, papa ?, demande Hugo.

— C'est plutôt une bonne nouvelle !, chante Lola.

— Pitié, ne chante pas, rouspète Hugo. Tu chantes comme une casserole. Ça donne mal à la tête.

Lola lui fait une grimace. Sa mère reste silencieuse puis elle dit :

— Mais tu as décidé de retourner au travail quand ?

— J'ai pas réfléchi. Je me suis levé ce matin. Je me suis habillé. Je suis parti au travail comme un automate.

— Tu as fini ton burn-out ?, demande Hugo.

— Mon burn-out ? Qui t'a mis cette sottise dans la tête ?, s'insurge le père d'Hugo.

Hugo regarde brièvement sa mère avant de baisser la tête. Sa mère fait semblant de rien. Le père continue de parler. Il dit :

— J'ai bien réfléchi. Je n'arrive pas à m'investir dans mon projet de création d'entreprise. Je voulais réparer des ordinateurs et les revendre à bon prix. Mais je suis nul en commercial. Je n'ai aucune compétence en informatique. Je ne suis qu'un comptable. Je resterai un comptable toute ma vie dans cette entreprise, Cap Informatique. Donc j'arrête.

Je le regarde toujours dans ma cachette et j'ai envie de lui crier :

— Mais dis-leur la vérité, sale hypocrite.

Je confesse, depuis que je suis furieux contre eux à cause de la mort de mes amis cafards, et que j'ai abandonné mon projet d'amitié avec Hugo, je les traite tous d'hypocrites. Même Hugo. Ne soyez pas étonnés si je recommence. Si le père d'Hugo pouvait m'entendre, je lui cracherais à son visage ceci :

— Je t'ai vu, menteur. Tu dis que tu es parti machinalement au bureau ce matin et c'est tout. Moi, je te réponds que tu mens. Pourquoi tu es parti ce matin ? Parce que tu en avais marre par dessus la tête de faire le ménage à la maison, que tu avais marre de faire la cuisine, marre de t'occuper des enfants, d'entendre hurler Lola dans son micro (ça, je te comprends !), d'être considéré comme un esclave à la maison parce que tu refuses de sortir et de travailler pour ton patron. Ne mens pas. Je t'ai vu ce matin. Comme d'habitude, tu étais dans ton bureau en train de t'empiffrer de chips. Ta femme est venue, un aspirateur allumé et bruyant à la main comme à son habitude et elle t'a demandé de faire le ménage à sa place car elle devait partir donner un cours à domicile. Elle t'a reproché aussi de grignoter sans cesse ces chips qui ramènent des cafards dans la maison - pour cette grave accusation contre moi et mes semblables, elle mérite de mourir selon moi. Je t'ai vu, menteur. Tu as grogné. Tu as rouspété. Elle a crié. Puis elle est partie comme une furie avec ses vêtements fluorescents qui me grillent les yeux. Je t'ai vu, menteur. Tu t'es levé. Tu as traîné l'aspirateur dans la cuisine. Je t'ai vu. Mais tu n'as pas allumé la satanée machine. Au contraire, tu l'as laissée éteinte. Du bout du pied, tu as poussé sous les meubles les miettes du petit déjeuner. D'ailleurs, pour ça, merci : j'ai pu les manger. Puis tu t'es mis à lancer des jurons contre ta femme et son aspirateur. Tu disais que tu n'étais pas là à la maison pour faire le ménage. C'était pas ça ton plan. Mais quel était-il ton fameux plan ? Hein, ça je peux te demander. A part manger des chips du matin au soir dans ton bureau, je ne vois pas comment tu voulais monter une entreprise (d'accord, vous pouvez m'arrêter et me dire que je n'y connais rien en création d'entreprise, car je suis un cafard ; c'est vrai, mais je m'en fous !). D'ailleurs, tu as bien vu que tu étais incapable de réparer les ordinateurs comme tu prétendais savoir le faire. A Cap Informatique, je le signale, tu n'es qu'un comptable ; tu travailles bien dans une société informatique mais tu n'es pas informaticien. Je t'ai vu. Ce matin, tu as regardé la porte d'entrée. Subitement, tu as mis une veste et un manteau et tu es parti. Je t'ai vu. J'étais étonné moi-même de te voir sortir de la maison. Alors voilà, c'est ça qu'il faut leur dire si tu oses leur dire la vérité.

Comme d'habitude, ils ne m'entendent pas ; une tirade pareille. Comme quoi, c'est donner de la confiture à des cochons. Tant pis pour eux, ils ne sauront pas la vérité. Leur discussion se poursuit donc.

— Tu as raison, dit-il à sa femme. Il faut faire rentrer de l'argent à la maison. Toi, tu t'en sors bien avec ton club de yoga et tous les objets que tu vends en rapport avec le yoga.

— Heu !!!!, souffle bas la mère d'Hugo. Heureusement que je donne des cours à domicile. La vente des objets est un désastre : les bijoux indiens, ma collection de vêtement. Je réussis à vendre des barres de céréales. Là, avec mes clientes qui sont des as du grignotage, je fais fortune.

— Désolée ma chérie, j'ignorais que tu avais tant de difficultés. Mais il faut me pardonner. J'avais juste besoin de tenter l'aventure d'entrepreneur. Je me voyais déjà chef d'entreprise avec mon entreprise.

— Nan !, je couine dans mon coin. Je t'ai vu, menteur ! Tu en as marre de faire le ménage à la maison et de t'occuper des repas, de la vaisselle, de la lessive. Mais avoue donc, je hurle à pleins poumons.

Le père d'Hugo ne m'entend toujours pas – pourtant je hurle à faire décrocher les cornes d'un bœuf, si, je vous assure. Il continue de parler et dit triomphalement :

— Mais c'est fini tout ça !

— Tu as entendu maman, proclame Hugo, tu arrêtes de préparer les pâtes sauce tomate. On mangera enfin de bonnes choses à la maison. Du hachis parmentier, hein maman, comme la dernière fois ? C'est toujours ta recette préférée, n'est-ce pas ?

— Quoi ?!, s'étonne sa mère. Je croyais que tu n'aimais pas ça. A chaque fois que j'en sers à table, pareil pour mon super bœuf bourguignon, tu fais la gueule et tu dis que c'est dégueulasse.

— Maman ! s'esclaffe Hugo, entre manger un bœuf bourguignon ou un hachis parmentier et tes pâtes avec cette boîte de sauce tomate aigre et sans goût !!!!! J'ai vite fait le choix. D'ailleurs, qu'est-ce que j'ai rêvé d'un bon gros plat de hachis parmentier ces derniers mois. J'en salive d'avance, dit-il les yeux pleins d'étoiles.

Tout le monde regarde Hugo. Y compris moi. C'est bien la première fois que je le vois en extase de cette manière en parlant d'une recette de cuisine de sa mère. Il faut dire que depuis que je les connais, j'ai toujours vu Hugo faire la tronche devant cet horrible plat de pâtes mélangées avec de la sauce tomate. Je pense à l'instant au « petit cadeau » que mon ami Hector faisait dans leur assiette. Ils ont tous bien mangé son « petit cadeau ». Vous vous souvenez, n'est-ce pas de ce « petit cadeau » d'Hector. Quand j'y pense, je n'ai toujours pas souhaité arriver à ce niveau de méchanceté contre Hugo. Je ne suis toujours pas à ce niveau.

La mère clame :

— Mon pauvre Hugo, tu as donc bien souffert avec cette recette de pâtes et sauce tomate. C'était pourtant pas si dégueulasse que ça ?

— Atrocement, répond Hugo. Mais maintenant c'est fini, n'est-ce pas ? Car il y aura de l'argent dans la maison avec le salaire de papa. Il a enfin décidé de partir travailler comme tout le monde !

Le père d'Hugo est prêt à lui répondre puis il se ravise. Moi, de mon côté, je suis comme d'habitude dans mon coin. Je m'en fous de leur discussion. A part crier au père d'Hugo qu'il est un menteur ; le reste ne m'intéresse pas. Je me cache et j'attends ma nourriture. Depuis que j'ai abandonné mon projet d'amitié avec Hugo, je me cache vraiment de lui. Je me comporte comme un banal cafard qui vit dans cette maison uniquement pour gagner sa croûte. Lorsque je suis dans ma cachette dans sa chambre, je lui tourne le dos. Ma cachette est mon endroit pour dormir et me reposer. A un moment, j'ai pensé changer d'endroit, mon projet d'amitié étant abandonné. J'ai donc pensé à aller vivre dans l'atelier. Persuadée qu'elle a totalement nettoyé l'endroit, la mère d'Hugo continue ses cours de yoga avec ses clientes qui continuent de manger les fameuses barres de céréales qu'elle vend. Mais malheureusement, ces barres de céréales ne laissent pas de miettes. Donc, pour moi, ce n'est pas intéressant de vivre là-bas. Je pourrais peut-être fouiller un des sacs des clientes. Je sais, grâce à Curl et Ima, décédés eux aussi, que ces besaces regorgent de chips et autres friandises bien succulentes. Mais je me ravise. Je me souviens de l'épisode de Curl et Ima le jour où la mère les a vu sortir d'un sac d'une cliente. Ça me fait froid dans le dos rien qu'à y penser. Il me reste la buanderie. J'hésite vraiment pour cet endroit. Lorsque je m'y rends, je revois mon pauvre ami, les six fers en l'air. Je revois aussi la mère d'Hugo qui le prend par les bouts de ses doigts et l'examine d'un air méprisant. Ça aussi ça me fait froid dans le dos. Je ne pense même pas aller vivre chez Lola, la petite sœur d'Hugo car je sais que je serai incapable de supporter les ultra sons que provoque sa voix dans ma tête. L'idéal serait de quitter cette maison et cette famille. Je pourrais donc partir chez le professeur de dessin d'Hugo. Apparemment, il s'est mis lui aussi à grignoter pendant son cours. D'ailleurs, comme il le répète souvent :

— Ça vous intéresse plus de manger que d'écouter ce que j'ai à vous enseigner dans mon cours de dessin !

Mais j'ignore pourquoi, l'idée à peine effleurée s'évanouit d'un coup ; je n'irai pas vivre chez le professeur de dessin. Ça ne me tente pas..

Il ne me reste plus que la chambre d'Hugo avec ses volets clos et son bordel au sol. Je me rend compte que je me sens en sécurité dans cette chambre. Certainement car j'y vis depuis toujours. J'attends de mourir de vieillesse. Hector a eu ce privilège. Quand j'y pense, ça doit être bien de mourir de vieillesse. La vie n'a plus rien à t'offrir. Tu es fatigué. Ton corps est las. La mort arrive et te délivre. Je pense soudain à ma mère. Elle m'avait dit d'éviter les humains si je ne voulais pas mourir prématurément. Alors que j'ignorais le sens de ce mot, avec la mort de Ed, de Curl et d'Ima, enfin celle d'Hector, je crois comprendre ce que cela signifie. Mourir prématurément. Le regret de mourir avant l'heure comme Ed, Curl et Ima et leurs gentils bébés.

Je sors soudain de ma réflexion. Hugo est rentré dans sa chambre et saute sur son lit. Il saisit son cahier de dessin et se met à dessiner. Mais sans doute à cause d'un besoin de lumière ou à cause de la réflexion de sa petite peste de sœur Lola ou de son père — ils répètent tous que sa chambre mal éclairée et mal aérée est un vrai repaire de cafards —, Hugo se précipite sur la fenêtre et ouvre bien grand ses volets à mon grand étonnement. Il reste à la fenêtre et hume l'air frais qui entre dans sa chambre. Je suis toujours sur la table de chevet près de son lit et je peste contre lui :

— Tu ne peux pas fermer cette fenêtre et ces volets, ça me dérange !

Mais pensez-vous, il ne m'entend pas. Il referme sa fenêtre mais laisse les volets ouverts. La lumière du jour pénètre dans sa chambre. Je suis fâché contre lui. Je lui tourne le dos. Hugo fait des mouvements je ne sais pourquoi dans sa chambre et fait du bruit. Ça me gêne.

— Ah !, je râle, on ne peut pas être en paix dans cette chambre. Qu'est-ce qu'il fait cette fois ?

Je regarde Hugo et je le vois devant son bureau. Il secoue la tête et dit :

— J'ai besoin de mon bureau. Mais je ne peux pas y travailler à cause de tout ce bordel qu'il y a dessus. Ma parole, il faut tout mettre à la poubelle.

Il regarde la poubelle et s'aperçoit qu'elle est pleine à craquer. Il sort de sa chambre et revient avec un sac poubelle gigantesque. Je continue de le regarder. Ça me rappelle la fois où il recevait le garçon, Arnaud, à la maison. Ou alors lorsqu'il pensait qu'il y avait des mites dans sa chambre. Ou encore juste après la découverte et le meurtre de Ed, le cafard qui ne m'aimait pas, et que je n'aimais pas. Il a nettoyé sa chambre de la même manière. Il a tout mis à la poubelle. Il fait pareil maintenant. Il range ses affaires dans les tiroirs de son bureau et jette tout le reste. Il se tourne vers son lit. Je me cache de peur qu'il m'aperçoive. Puis je sors la tête et je le vois. Il ramasse tous les objets à terre et les range sur les étagères. Il range dans la bibliothèque tous ses livres qu'il avait laissés à terre. Il va sous le lit et ramasse tous les vêtements qui y sont. Il les prend avec lui et respire leur odeur. A chaque fois il s'exclame :

— Ça pue le rat mort ça ! Faut que je pense à faire ma lessive !

Au fur et à mesure, je vois sa corbeille de linge sale, toujours vide d'habitude, se remplir. Il l'emporte et s'absente un long moment. Je respire enfin. Cependant, la lumière qui entre par la fenêtre de sa chambre m'embête. Je cherche alors un endroit plus à l'abri des rayons de lumière. Dans un trou du mur, derrière le cadre de son lit, je vois un trou qui pourrait m'abriter des rayons du soleil. Je devrais quitter définitivement ma cachette sur la table de chevet de la chambre d'Hugo. Le trou que je vois est moins confortable que mon ancienne cachette. Je m'y enlise doucement. Je commence à m'endormir lorsque j'entends soudain un bruit. Je le reconnais. C'est le bruit de l'aspirateur. J'ouvre les yeux. Hugo se tient devant moi avec un aspirateur qui est allumé et qui fait un vacarme de tous les diables. Je regarde l'aspirateur et je comprends que j'ai affaire à l'aspirateur le plus gros et le plus puissant que la mère utilise pour les grands nettoyages. Lorsqu'elle passe l'aspirateur tous les jours, elle a un autre aspirateur blanc et très fin. Celui qu'Hugo utilise est juste énorme et il me terrifie. J'ai peur d'être aspiré par lui. Soudain, je trouve que le trou dans lequel je me suis installé n'est vraiment pas confortable. D'ailleurs, quelques bouts de bois dépassent et me griffent à certains endroits. Finalement, je préfère le quitter. Je me faufile sous la table de chevet pour tenter de rejoindre mon ancien repaire. J'attends. Ça me semble durer des heures. Puis ça s'arrête. Hugo emporte l'aspirateur et revient dans sa chambre. Je suis à nouveau proche de mon ancien repaire. Et je sens déjà monter en moi la joie de retrouver mon ancien foyer, si confortable, si chaleureux. J'entends Hugo. Il saute sur son lit et s'exclame :

— Ah, ma chambre est mieux comme ça !

Je me hisse au dessus de la table de chevet. C'est sans doute l'erreur que j'ai commise car Hugo me voit. J'ai senti un vent arriver avec fureur sur ma carapace ; un de ces vents assez violent et fort pour soulever une montagne. J'imagine que la vitesse du vent était fulgurante. Malheureusement, certainement à cause de l'effet surprise sans doute, je n'ai pas eu le réflexe de courir. Pourtant, vous savez que nous les cafards, on court vite. Aussi vite que Usain Bolt, le coureur le plus rapide du monde. C'est dire. Mais là, je n'ai pas bougé. Je me suis vivement retourné et j'ai vu. Hugo me regardait franchement. Enfin, pour la première fois nos yeux se sont rencontrés. Alors, pendant une fraction de seconde, j'ai cru ; oui, j'ai cru, que mon projet d'amitié pouvait se réaliser alors que je l'avais rejeté férocement auparavant.

Je fixais Hugo du regard et il me fixait, moi, le cafard qui vit dans sa chambre. Puis j'ai vu au dessus de sa tête sa pantoufle qu'il tenait serrée dans la main. Et vlan, je vous fais la scène au ralenti, sinon vous n'y comprendriez rien. Donc, j'ai encore les yeux plongés dans ses yeux (à ceux d'Hugo ; il faut suivre ma parole!). Je vois ensuite la pantoufle dans sa main qu'il tient au dessus de sa tête. Je suis soudain tétanisé par la peur. Je ne bouge plus. A ce moment, je vous signale que j'ai un peu laissé tomber mon projet d'amitié avec Hugo. Je vois les lèvres d'Hugo ; il a comme un petit rictus d'homme sadique. Puis c'est le noir complet pour moi. J'imagine qu'il m'a écrasé avec sa pantoufle.

Sans doute, à l'instant où je vous parle, mon corps a fini écrasé en purée, sans grumeaux, lisse, couleur pralines, avec mes pattes aux nombreuses ventouses et mon crâne marron surmonté de deux belles antennes encore intactes en guise de décoration.

Vous trouvez que la description que je vous donne de mon corps écrasé en purée est peu ragoutante et vous donne l'envie de vomir. Mais je vous répondrai que pas du tout. Au contraire, dans d'autres contrées, les cafards sont dégustés en apéritifs, grillés le plus souvent. J'ai aussi entendu parler de soupe de cafards. Imaginez un peu, une bonne soupe bien chaude l'hiver pendant les vacances de ski pleine de cafards. De quoi vous dégoûter de vos plats préférés et bien gras comme la raclette pleine de fromage et de charcuterie, très mauvais pour votre santé ou alors de la fameuse fondue savoyarde. Imaginez un jour déguster un gourmand « écrasé de cafards » servi sur des toasts croquants pour rappeler un peu notre carapace. Vous vous moquez, humains. Mais sachez que le cafard est l'avenir de l'homme. Nous, les cafards, nous sommes capables de survivre à une catastrophe nucléaire. Les chercheurs nous étudient pour connaître nos capacités de survie. Je le répète. On parle même de créer des vaccins pour vous soigner, vous, pauvre de vous. D'ici une trentaine ou une centaine d'années, vous verrez (bon, je sais, vous serez déjà morts), l'homme devra se nourrir de cafards et se comporter comme un cafard. Ceci n'est pas de la science-fiction. C'est l'avenir. Votre avenir. Bon, encore une fois, je fantasme. Je ferais mieux de parler de ma mort qui a lieu à l'instant.

Je regrette. Je n'ai pas eu la douce mort de mon ami Hector. Il est mort de vieillesse après avoir accompli tout ce qu'il voulait dans sa vie, y compris laisser des « petits cadeaux » dans l'assiette de la famille d'Hugo. Hector n'est pas mort « prématurément » (maintenant que j'ai compris la signification de ce mot, je peux l'employer !) Moi, malheureusement, j'ai subi le sort cruel et ma mère, si elle le savait serait triste : j'ai été tué. J'ai rejoint le club des malheureux « tués » ; je pense à Ed, je pense à Curl et Ima, je pense à leurs bébés. Tous tués. Contrairement à Hector, qui a accompli tout ce qu'il voulait dans sa vie, moi j'ai échoué. Mon projet, aussi grandiose soit-il, a échoué. Comme quoi, pour vivre, est-il besoin de vouloir accomplir un projet grandiose. Ou suffit-il de vivre tranquillement comme Hector sans jamais espérer décrocher la lune. Pour l'heure, je vous laisse à cette réflexion. Moi, je suis mort. Ma réflexion se termine là. Voilà, je vous ai raconté ma vie de cafard et comment s'est réalisé mon fameux projet d'amitié avec Hugo, un garçon comme tous les autres. Adieu.

J'ai fermé les yeux, sans doute à tout jamais. Mon enveloppe charnelle ne fait plus corps avec moi. Elle se détache lentement de moi, ce n'est pas douloureux. Je vois mais je ne ressens plus rien. Un autre moi me fait face à présent. Il me regarde l'air bête. Il me sourit ; ou il se moque de moi. Je ne sais pas. Emportant avec lui mon esprit. L'autre corps flotte au-dessus de moi. C'est mon deuxième moi, celui que je ne serai plus. Moi, je suis celui qui marque le sol d'une pâte marron crème couleur noisettes écrasées. Je suis celui qui ne bougera plus. Mon deuxième moi est celui qui s'agite, qui continue à bouger, qui continue à vivre. Toujours impertinent, il me fait ce sourire malicieux que je hais maintenant car c'est un sourire qui fait passer un vilain message. Son sourire a l'air de me dire : « Adios amigo, je n'ai plus besoin de toi, tu es inutile. Tu ne me sers plus à rien. » Comme je l'envie ce deuxième moi. J'aimerais tellement le suivre, être lui tout bonnement, savourer encore la vie, prendre plaisir à humer l'air, ne rien faire, flâner le nez en l'air, les pattes hasardeuses sur les chemins. Je ne regrette rien maintenant. Tout d'un coup, j'ai l'impression que je pars avec mon deuxième moi, cet espèce de fluide qui flottait avec son air narquois au-dessus de l'épave écrasée que j'étais. Je comprends que je suis devenu mon deuxième moi. J'ai intégré le corps de mon esprit, ce deuxième moi qui volait au-dessus de moi ; j'ignore par quelle magie mais l'idée me plaît énormément.

    Je vois mon premier moi au sol, écrasé avec sa couleur crème noisette. Je ne ressens aucune colère, aucune haine. Au contraire, je contemple le petit tas. Je souris. Je prends une profonde respiration et je suis heureux. Je ferme un instant les yeux et je me demande à quel endroit je pourrais m'installer. Je pense brièvement à la chambre d'Hugo. Cet endroit me rappelle tant de bons souvenirs et Hugo semble si proche de moi. Je me dis que si j'y retourne, je retrouverai Hugo, ce bonhomme qui ne vit bien que dans l'ombre de sa chambre, un endroit clos et mal aéré, dans lequel il semble cacher sa vie et ses secrets. Je l'imagine encore griffonnant des dessins avec appétit. C'est vrai qu'il aime dessiner le bougre. Et pourtant, il refuse de partager son talent avec ses copains, certainement de peur d'être moqué. Selon Hugo, un garçon au lycée doit aimer les jeux vidéos et les filles. Quelle bêtise. Je pense qu'il se trompe. Sans avoir fait le tour de la planète entière, ni même de la petite ville où nous habitons, je peux toutefois affirmer qu'il ne faut pas généraliser ; tous les garçons au lycée n'aiment pas que les jeux vidéos et les filles. Et pour illustrer mon propos, je pourrais lui dire qu'il est l'exception qui confirme la règle. Je lui dirais : « Hugo, tu es une exception parmi tous les garçons du lycée et tu devrais en être fier au lieu de te refermer dans ta coquille ! » De la fierté, c'est ce qui lui manque à Hugo. Si seulement il pouvait leur montrer à tous combien c'est super de dessiner et de créer des univers magnifiques avec un crayon au bout des doigts. Moi, cafard, je ferais tout pour avoir ce talent, pour avoir des doigts non des pattes avec plein de ventouses. Qu'est-ce que pourrais faire de beau alors avec ces doigts. Plus je réfléchis, plus je me dis que je n'aimerais pas faire vivre mon esprit dans la chambre d'Hugo. Pas que je le déteste. Au contraire, il continue à me faire pitié. Cependant, je considère que mon esprit a besoin de changer d'air. Pourquoi pas choisir un endroit dans lequel j'ai le plus de souvenirs, de bons souvenirs. Je pense à Hector, mon ami. On aimait se retrouver sur le banc devant la salle de yoga de la mère d'Hugo. C'est bon de penser à Hector. Je pense que c'est à cet endroit que lui aussi a été le plus heureux, le moment où il a vu en ma compagnie la naissance des bébés cafards. Hector est un cafard comme moi et il est devenu mon meilleur ami. Comme Ima et Curl, le couple de cafards, les amoureux, qui nous ont fait les jolis bébés cafards ; malheureusement tous morts, tués par la mère d'Hugo. Je ne pense pas à Ed. Mon esprit l'a en quelque sorte gommé. C'était bien un cafard, mais un cafard qui n'a jamais voulu être mon ami et réciproquement. Je ne veux garder que les bons souvenirs. Je choisis ma vie et elle doit être délicieuse à savourer. Décidément, ce banc m'attire. J'ignore si j'ai formulé un souhait (en fait, avec ma nouvelle enveloppe charnelle qui se déplace en l'air comme un ballon gonflé à l'hélium et invisible aux autres, humains comme cafards, je suppose), mais je me retrouve sur le banc en question. Bref, mon esprit m'a vu en train de réfléchir et il a décidé pour moi ; ou alors il a trouvé le temps trop long.

Je me retrouve sur le banc accolé à la fenêtre devant la salle de yoga. Depuis cet endroit, on peut voir l'intérieur de la salle située juste derrière. Devant moi, la cour se prolonge jusqu'à la barrière. Dans la cour, il y a la salle de yoga et une vieille grange quasi en ruine. La porte d'entrée de la maison se trouve proche de la barrière. Je me sens bien là ; heureux. La vue est panoramique.

— Dieu que le ciel est beau, je m'exclame. Il n'y a pas un nuage et le bleu du ciel revêt des couleurs roses ou blanches par endroit. Je vois du rose dans un ciel bleu. Pourquoi pas.

Je savoure la paix qui règne dans cette cour et je me demande pourquoi je restais enfermé la plupart du temps dans la chambre obscure d'Hugo. Ah oui, un détail qui a son importance : je suis un cafard et un cafard vit dans l'obscurité. Eh bien je vous dirais que pas du tout. Les cafards vivent bien dans l'obscurité mais ils apprécient aussi parfois un peu d'air frais et une belle lumière qui tombe du ciel comme celle-ci. Je savoure ma présence en cet endroit. Lorsque j'aurais fait le plein de soleil et de lumière, j'irais sans doute me réfugier dans un recoin du banc que je viens d'apercevoir.

La mère d'Hugo arrive. Elle déboule dans la cour comme un boulet de canon. Cette impression est due à ses vêtements aux couleurs fluorescentes. Voilà une tenue nouvelle que je ne connaissais pas : une tenue de yoga ultra moulante d'un blanc électrique (j'aurais pu dire écarlate mais électrique se rapproche plus de l'éclair qui déchire le ciel un soir d'orage) surmonté de couleurs toutes aussi électriques variant entre le bleu et le rose fuchsia. J'aimerais bien savoir si on peut la voir dans la nuit sans lumière. Aujourd'hui, je m'amuse de la voir ainsi fagotée. Ça ne me grille plus les yeux. Comme quoi, ça a du bon d'être dans mon état. Oh, mais j'y pense, c'est pareil pour Lola ? Comme elle m'a cassé les antennes celle-là avec ses micros au son allumé à fond. Quelle peste. Tiens, en parlant du loup, voyez qui arrive. C'est Lola. Je n'avais jamais prêté attention à Lola avant qu'elle se mette à chanter à tue-tête dans son micro. Là je la vois qui traverse la cour pour se rendre à la porte d'entrée sans chanter. Je trouve qu'elle a l'air maussade, triste et effacée. Elle ne ressemble pas à la fille dynamique, épanouie et heureuse que je voyais derrière mes antennes recroquevillées (que voulez-vous, j'essayais de les protéger de l'horrible son de la voix de Lola tellement elle chante fort et faux). Je me dis alors que je ne la connaissais pas. Lola vit sa passion dans sa chambre derrière son micro et c'est ça qui la rend heureuse. Le père rentre à son tour à la maison avec une triste mine. On dirait quelqu'un qui revient de son propre enterrement. Je suppose qu'il est retourné travailler pour son patron et qu'il déteste ça. Il a troqué son pyjama, son peignoir plein de tâches de gras et ses pantoufles qui puent (croyez-moi, j'ai beau être un cafard, lorsque ça pue, ça pue) pour un costume à cravate et des chaussures cirées qui brillent au soleil. Je constate qu'il porte sous le bras son gros livre pour apprendre à monter une entreprise. Je me demande s'il a le temps de le lire.

Hugo arrive. Au début, j'ai cru voir un épouvantail, tellement ses vêtements sont moches sur lui. Il continue visiblement de porter des vêtements trop grands pour lui et d'un style sportif. Des vêtements de sport tous les jours alors qu'il n'aime pas faire du sport. Il ne le sait toujours pas malgré toutes ses tentatives avortées. C'est le dessin qu'il aime. Ça, il faut qu'il le comprenne tout seul. Moi, je ne peux plus rien pour lui. Il faut dire qu'auparavant aussi, je vous le concède, puisque je ne suis qu'un cafard qui ne peut pas parler aux humains. C'est bon, arrêtez de vous moquer de mon rêve stupide. J'ai compris.

Hugo reste à la barrière à l'entrée de la cour. De manière anxieuse, il semble guetter l'arrivée de quelqu'un. J'attends avec lui. Soudain, un garçon qui semble avoir le même âge qu'Hugo, arrive à hauteur de la maison et passe son chemin sans prêter attention à Hugo qui le dévisage outrageusement. Dépité, Hugo regarde s'en aller le garçon qui marche paisiblement. Hugo semble hésiter. Va-t-il adresser la parole au garçon ? Va-t-il oser l'inviter à entrer chez lui ? Je sens que c'est bien là l'intention d'Hugo. A force de vivre avec lui dans sa chambre, vous pensez bien, je le connais mon Hugo.

— « Allez Hugo, parle-lui, tu en meurs d'envie ! », je voudrais lui dire pour l'encourager.

Mais Hugo reste muet. Il regarde le garçon passer devant sa maison sans le voir. Hugo vient de manquer sa chance. Il semble triste maintenant. J'ai envie de lui dire qu'il s'y prend mal avec les autres garçons. J'imagine que le garçon qui est passé devant la maison est un lycéen et qu'il vit deux rues plus loin. Sans doute un nouveau lycéen, car je ne le connais pas celui-là. Je trouve qu'il a une bonne bouille. Il ferait l'ami parfait pour Hugo.

Il faut juste qu'Hugo rassemble son courage pour aller parler à ce garçon. C'est toujours comme ça avec Hugo. C'est un grand timide. Mais j'ai envie de lui dire que les grands timides, personne n'aime ça. Alors il faut changer. J'imagine déjà la scène. Hugo est devant le lycée et il aperçoit le garçon. Il sait que le garçon habite pas loin de chez lui. Il cherche à entamer la conversation, à l'inviter chez lui, à être son copain. Il suffirait d'aller voir le garçon et de lui dire : « Eh, j'ai vu que tu habites dans ma rue. On rentre ensemble tout à l'heure ? » Voilà, juste une simple proposition à balancer. Je ne dis pas que le garçon sera super heureux, voire même, il peut refuser comme un malpropre. Mais on dit bien : qui ne tente rien n'a rien. Hugo ne tente rien et il n'a rien. C'est bien résumé. Je le vois encore devant la barrière. Le garçon est parti et Hugo fait face à son échec. Son corps s'est ratatiné dans ses vêtements trop grands pour lui. Il ressemble à présent à une masse informe qui se traîne au sol et se glisse dans la maison. Il ira sans doute s'enfermer dans l'obscurité de sa chambre aux volets clos même avec une si belle journée. Quelle dommage. Il est triste Hugo. Ça me pince le cœur de le voir comme ça. Le bleu du ciel attire à nouveau mon regard. Comme c'est beau le bleu du ciel avec ces nuances de rose et de blanc.